쇼핑의 세계

쇼핑의 세계

쇼호스트 임세영이 특별히 아끼고 사랑하는 것들

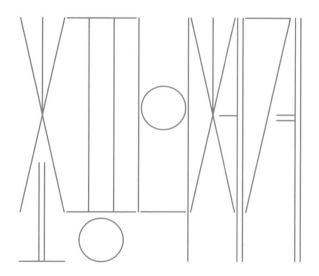

임세영 지음

샘터

차례

Part
1

취향을
산다

Part
2

내가
사랑하는
물건

한 가지만 기억하자.
자신을 끝없이 살피고 이해하고
사랑하는 것으로부터
스타일은 시작된다.

집 앞 골목길을 걷는데 신발 수선하는 점포가 눈에 띈다.
'칼 갈아드립니다.'
'신발 밑창 대 드립니다.'
'늘어난 신발 사이즈 줄여드립니다.'

오랫동안 갈아가면서 쓰는 칼, 밑창을 대서 오래 신고 싶은
구두, 늘어나면 줄여서라도 더 쓰고 싶은 물건들…… 가게의
문구를 보자마자 내 머릿속엔 나의 몇 가지 애착 물건이 떠올랐다.
쳇바퀴를 돌리듯 무료한 일과에 내 삶의 질을 올려주었던 무언가,
누군가가 선택을 망설일 때 '이거 내가 오랫동안 써왔는데 진짜

좋아' 하며 강력히 추천할 만한, 누구에게든 하나쯤 있을 법한
물건 말이다.

　싸게 사서 몇 번 입다가 버리는 패스트 패션이 휘몰아치지만,
또 마음 한편에는 오래 써서 손에 익은 물건에 대한 애정이 함께
존재하기 마련이지 않은가. 그렇지 않아도 며칠 전, 퇴근길에
주차장으로 걸어 나오는데 오른쪽 구두 굽이 빠졌는지 걸음마다
딱딱거리며 쇠 부딪히는 소리가 났다. 구두 굽이야 소모품이니
적당할 때 한 번씩 갈아줘야 하지만, 하필이면 내가 제일 좋아하는
구두였다. 아끼는 신발이 상하고 있다는 생각이 들자, 내딛는 한
걸음 한 걸음이 그리 초조할 수가 없었다. 그러고도 쉴 틈 없는
일정 때문에 수선할 짬을 낼 수 없던 나는 신발장 속에서 굽이
고장 난 구두를 볼 때마다 마음 한구석이 불편하고 찜찜했다.
나이를 먹으면서 곁에 없으면 불안한 물건, 든 자리는 몰라도 난
자리는 알게 되는 물건들이 비로소 생겨난 것이다.

　물건은 차고 넘칠 정도로 흔해졌다. 지금 우리는 그 어느
시대보다 풍요롭게 살고 있지만, '소비는 필요에 의한 것이어야
한다'는 논리에 사로잡혀 불필요한 소비에 일말의 죄책감을
가져왔던 것도 사실이다. 그러나 무언가 소유하고자 하는 욕망

앞에서 우리는 늘 새로운 이유와 의미를 찾아내지 않았던가. 이제 소비는 자기 위로와 즐거움이라는 의미를 담기 시작했다. 이 책은 어디에서, 어떤 물건을 사야 되는지 대한 대답이 아니다. '우리는 왜 끊임없이 쇼핑하는가'에 대한 이야기다. 물건이 사람에게 주는 가치와 우리가 계속 무언가를 사게 되는 이유를 찾아보고자 한다. 누구에게나 오래도록 곁에 두게 되는 인생 물건, 반려 물건이 있는 법이니 말이다.

전 세계를 패닉으로 몰아넣은 2020년은 내게 시간이 가장 모자란 한해였다. 가뜩이나 빈틈없는 방송 스케줄에 연초에 시작한 유튜브 촬영이 가세했고 무슨 용기였는지 책을 써보자는 출판사의 제안마저 선뜻 수락했다. 덕분에 나는 끊임없이 시간에 쫓겼다. 책은 그야말로 엉덩이 힘으로 써야 함을 몸소 깨달으며 '잠을 좀 줄이면 되겠지' 했던 생각이 얼마나 안일한 것이었는지 뒤늦게 후회했다. 오랫동안 말만 하고 살던 사람이 글을 쓰려니 생각만큼 속도가 붙지 않았다. 몹시 괴로웠다.

하지만 엉덩이를 붙이고 '빈둥'거리는 이 시간이 한 사람의 철학과 사유를 만들어내는 데 얼마나 귀중한 역할을 하는지 처음으로 깨달았다. 말이 활자가 되고 이어지는 다음 문장을 위해 잠시 멈춰 고민하는 그 여백. 이것은 이따금 경솔하게 내뱉어지는 말과는 그 속성부터 달랐다. 그 사이사이에 오롯이 나의 생각이라는 것이 자리 잡았다. 20년 가까이 지나온 긴 세월 동안 해온 나의 일에 대해, 내가 물건을 바라보며 느끼는 각별함에 대해, 오로지 나에게만 의미 있는 것들에 대해 며칠이고 깊이 생각해본 경험은 나에게 무척 특별했다. 누군가 생명도 없는 물건에 애정을 쏟는다는 게 무슨 의미가 있겠냐고 한다면 나는 이렇게 응수하겠다. 나의 지난 이야기들이 담기는 불멸의 물건이야말로 비로소 내가 부여하는 '자기 의미'를 가진다고.

어린 시절부터 쇼핑하러 가면 시간 가는 줄 몰랐던 아이는 늘 용돈이 모자랐고 갖고 싶은 것은 많았다. 자연스럽게 어떤 물건이 소비할 가치가 있는지를 따져보며 자랐다. 옷이나 상품에 대한 관심은 물론이고, 그 브랜드를 어떤 인물이 만들었고 어떤 역사가 있는지 브랜드의 스토리를 모았다. 패션 잡지에 살리는 예쁜 코디법 같은 이야기가 퍽이나 재미있던 그 아이는 정신을 차려보니 쇼핑의 세계에 몸을 담은 지 어느덧 20년이 흘렀다.

하나 달라진 게 있다면 쇼퍼인 동시에 판매자가 됐다는 것이고, 내가 산 금액보다 판매한 금액이 비교할 수 없이 훨씬 많아졌다는 것뿐이다. 이 책은 '쇼퍼키드'였던 내 어린 시절부터 쇼호스트가 된 이후에도 멈출 줄 모르던 질문, 혹은 여러분도 궁금했을 그 질문에 대한 답이 될 것이다.

'나는 왜 그것이 미치도록 갖고 싶었던 걸까?'

Part 1

취향을 산다

물 건 은 추 억 을 남 긴 다

낡은 물건
이야기

내 케케묵은 물건들을 통해 말하고 싶은 건, 나의 자존감을 올려주는

물건이란 세상이 정해놓은 '명품 딱지'만이 아니란 점이다.

다른 사람에게는 아무런 의미가 없는 물건일지라도 때론 친구에게

보냈던 편지 한 통, 우연히 적어놓은 글귀 한 줄이 잊고 있던 '나'를

되찾게 하는 단서가 된다.

꽤 최근까지, 온라인에선 '플렉스', '내돈내산', '언박싱', '쇼핑하울'과 같은 콘텐츠가 화제였다. 말 그대로 '내 돈 주고 내가 산 물건'을 남들이 보는 앞에서 마음껏 뽐내며 뜯어보는 내용의 콘텐츠로, 직접 사기 망설여지는 물건을 다른 이가 직접 구매하고 사용하며 대리만족을 준다는 점에서 구독자들의 선호도가 높다. 나 또한 유튜브 채널을 통해 여러 번 선보인 주제다.

한편으로는 소비 생활과 정반대인 비움, 정리정돈, 절약과 같은 키워드가 급부상하면서 미니멀리즘이라는 라이스프타일 열풍이 불기도 했다. TV에 하루 한 번꼴로 나와 쇼핑을 부추기는 일을 직업으로 둔 내 입장에서 이런 비움의 트렌드에 위기감을 느끼게도 되는 것도 사실이다.

하지만 한 가지 고백하자면 나는 실상 물건에 집착이 없는

'비움 족'에 가까운 인간이다. 내 직업과 미디어에 비치는 모습 때문에 종종 오해를 사지만, 나는 어떤 물건이든 '그래 봐야 물건'으로 대한다. 함부로 쓰고 버린다는 뜻이 아니라, 물건에 의미를 잘 부여하지 않는다는 뜻이다. 집 안에도 꼭 필요한 물건 외에는 그냥 두는 법이 없다. 잘 쓰던 물건이라도 대체할 제품이 생기거나 효용이 없어지면 누군가에게 나누거나 버려서 그때그때 자리를 비워줘야 또 다른 필요를 들일 수 있는 여지가 생긴다고 여긴다. 그래서 끊임없는 쇼핑과 넘쳐나는 방송용 샘플에도 불구하고 우리 집의 짐은 늘 일정 수준을 유지한다.

　이런 나와 정반대로 학창 시절 일기장, 교복, 친구와 주고받은 편지 등을 수십 년씩 모아두며 추억을 소유하는 일에 큰 의미를 두는 사람들도 있다. 그런 지인들을 볼 때바다 물건에 담긴 추억은 마음속에 남아 있는 것이지, 지금 내 삶을 불편하게 만든다면 그 물건이 무슨 의미가 있나 싶었다. 그러나 내가 그들을 이해하지 못한다 한들 달라지는 것이 있을까. 과거보다 현재가 중요한 법이라고 굳게 믿으며 살아온 나와, 과거의 추억이 담긴 물건을 지니고 있는 것 자체가 행복한 사람 사이에는 좁히기 어려운 간극이 존재한다는 걸 인정하는 것 외엔 별다른 수가 없다고 믿었다.

그런 나의 가치관이 흔들린 것은 꽤 최근의 일이다. 나의
자부심이었던 선명한 기억력이 40대 이후 가파르게 나빠지기
시작했다. 오랜 절친들과 모여 옛이야기를 꺼내기라도 하면
각자의 시점에서 퍼즐 조각을 맞춰야 전체 이야기가 가까스로
완성되었다. 뒷걸음치는 나의 기억력에 떠밀려 사라져가는
추억들이 하나둘, 아니 그 이상이라는 걸 깨닫고 나니 이제 와서
'아 맞다! 그때 그거 버리지 말고 갖고 있을걸!' 하며 안타까워한들
소용이 없었다. 불과 3, 4년 전만 해도 거들떠보지 않았을 군내
나는 추억의 물건이었건만, 이제는 누군가 찾아준다고만 하면야
쌍수를 들고 한달음에 달려갈 준비가 된 서글픈 나이가 된 것이다.

얼마 전, 오랜만에 집에 방문한 소꿉친구가 깜짝 선물이라며
쇼핑백 가득 무언가를 쏟아놓았다. 난 쏟아진 물건들에 말문이
막혔다. 학창 시절 내가 그녀에게 보냈던 편지 꾸러미였다.
1993년 날짜로 시작한 편지는 1997년까지 이어졌다. 아마
그 이후로는 이메일을 보내거나 핸드폰을 사용하면서 손
편지를 쓰지 않게 된 모양이다. 1990년대 중반 같은 아파트,
심지어 창문만 열면 얼굴이 보이는 곳에 이웃해 살면서도
꼬박꼬박 우표를 붙여 우체통에 넣었던 흔적을 보며 어지간히

낭만적이었던 그때의 소녀 감성에 웃음이 새어 나왔다. 꾹꾹
눌러쓴 편지 속에는 10대 소녀의 말 못 할 고민과 앞으로의
계획이 가득했다. 나는 편지를 읽어내려가며 학창 시절의 내가
어떤 사람이었는지 생생하게 기억해내기 시작했다.

빨리 어른이 되어 세상에 나가고 싶었던 나, 하고 싶은
일이 너무 많다고 고백하는 꿈 많던 어린 나를 마주하니 눈물이
핑 돌 지경이었다. 속마음을 터놓았던 유일한 친구에게 보낸
편지의 한 글자 한 글자에서 내가 어떤 어른이 되고 싶었는지
분명히 느껴졌다. 그토록 다가올 내일을 기대하던 소녀는 이제
기성세대가 되었고, 하고 싶다던 그 많은 일을 까맣게 잊은 채
살아가고 있었다.

나는 처음으로 내 손을 떠나가 버린 물건이 아쉬워졌다.
그러곤 당장 온 집 안을 뒤져 나의 과거를 증명할 오래된 물건을
찾기 시작했다. 그렇게 찾아낸 몇 가지 물건은 문득 떠오른 옛
노래 가사처럼 그때의 시절을 떠올리게 했다.

엄마의 진주목걸이

20대에 내가 가장 탐내던 엄마의 물건 중 하나는 옅은
골드 빛이 나는 두 줄짜리 진주 비즈였다. 아직 어린 나에게 잘

어울리는 액세서리는 아니었지만, 그 아름다운 자태에 반해 간혹 엄마 몰래 훔쳐 걸고 나가곤 했다. 시간이 흘러 아빠가 돌아가시고 얼마 안 되었을 즈음 어느 날 갑자기 엄마가 내 방에 들어와 나에게 진주 비즈를 쓱 내밀었다. 어차피 엄마의 시대는 끝났고 이제는 너의 시대라고 선언하며, 당신은 이제 이런 목걸이가 더는 필요 없다고 했다. 방을 나가던 엄마의 뒷모습이 서글펐다.

엄마 말대로 여자가 여자로서 아름답게 맘껏 꾸밀 수 있는 시간도 어쩌면 유한한 것이다. 메멘토 모리(죽음을 기억하라). 언젠가 다가올 죽음을 기억하며 내게 주어진 생을 더 열심히 살라는 서양의 격언처럼 나 역시 멋 부릴 수 있는 에너지가

있는 나이일 때 더 열심히 꾸미고 누리는 즐거움을 만끽하자고
다짐한다. 얘기가 나온 김에 내일은 오랜만에 보트넥 니트 위에
엄마의 진주목걸이를 두르고 외출해야겠다.

찢어진 가죽바지

　이 바지를 쳐다보면 오로지 정신없이 시간에 쫓기던 기억만
떠오른다. 내가 쇼호스트로 승승장구하며 가장 바빴던 30대
중반, 이 가죽바지를 참 많이도 입었다. 당시 나는 일주일에
생방송을 열 개씩 소화했고 이 가죽바지를 자주 입고 홈쇼핑
방송에 출연했다. 그야말로 워커홀릭으로 살던 나는 결국 과로로
쓰러졌고 회사에서는 업무량을 줄이라고 권유하기에 이르렀다.

그들의 걱정을 읽은 것일까, 절묘하게도
그 비슷한 시기에 바지 엉덩이가 뜯어져
구멍이 났다. 내가 가장 열정적으로
일하던 시간을 증명해줄 전리품인 이
늘어지고 찢어진 바지를, 나는 지금도
버리지 못한다.

스물여섯 번의 겨울을 보낸 머플러

친구가 가져온 편지를 읽다 보니 너에게 주려고 고민해서
샀다는 머플러에 관한 이야기가 등장했다. 놀랍게도 친구는 내가
선물했다는 그 머플러도 지금껏 간직하고
있었다. 겨울에 태어난 그녀에게 생일
선물로 건넸던 94년도 베네통 멀티
컬러 울 머플러. 그 친구에게도 소중한
추억의 물건이라 돌려받지는 못했지만,
나는 사준 사람의 권한으로 빌려 와서
기념사진을 찍었다. 1994년도의 나는

제일 좋아하는 친구를 위해 30년 전 일주일 치 용돈보다 비싼 3만
원의 돈을 썼더랬다. 곧 부자가 되어 더 비싼 선물을 사주겠노라
큰소리 쳤던 패기 넘치는 편지 속의 열일곱 소녀는 꽤 좋은 안목을
가졌었던 듯하다. 친구가 26년간 겨울마다 잘 썼다는 울 머플러는
지금 내 눈에도 여전히 예쁘다.

입사 기념 명품백

첫 출근을 앞두고 스물네 살의 나는 현대백화점 본점
페라가모 매장에 가서 95만 원을 주고 이 가방을 샀다. 나는

이제 멋진 커리어우먼이니 이 정도 선물은 해도 된다고 으쓱대며 당당하게 무이자 할부를 요청했다. 조심스럽게 이 가방을 겨드랑이에 끼고 첫 출근했던 짜릿한 기억. 팔꿈치를 90도로 접어 가방끈을 손으로 잡고 어깨를 좌우로 신나게 흔들며 걷던 용산역 뒷길이 눈앞에 펼쳐진다. 친정집 장롱 속에서 엄마가 보관하고 있던 이 가방을 다시 찾아낸 순간, 2000년 7월 긴장과 기대감으로 두근거리며 사원증을 목에 걸었던 아침으로 잠시 돌아갔다.

배터리가 다 된 산타 인형

2012년 말, 결혼을 한 달 반쯤 남겨두고 나는 폐결핵 진단을 받아 병원에 입원했다. 웨딩 촬영을 한 지 며칠 지나지 않은 시점에 날벼락 같은 일이었다. 심지어 약이 잘 듣지 않는 종류의 폐결핵이라는 의사의 소견과 함께 격리 병실에 갇혔다. 한참을 고생하던 나는 회복에 확신이 없었다. 거칠 것 없이 뜻대로 살아온 내 인생에 걸린 갑작스러운 브레이크였다. 나는 적잖이 움츠러들었고 고민 끝에 당시 남자친구였던 남편에게 결혼식을 취소해야겠다고 선언하기에 이르렀다.

병실에서 맞이했던 크리스마스이브. 그는 퇴근
후 나 홀로 입원해 있던 병실에 헝겊으로 만든
산타 인형 하나와 케이크를 들고 방문왔다.
초를 켜고 인형의 스위치를 누르는 순간,
산타 인형은 부실한 모양새와는 달리 제법
우렁찬 캐럴을 울려대며 리듬에 맞춰 고개를
까닥이면서 춤을 추기 시작했다. 아무렇지
않은 척했지만 모든 것이 수포로 돌아간 듯한 기분으로 홀로
시간을 보내던 나는 그날 밤 끝없이 반복되는 헝겊 인형의
징글벨을 들으며 잠이 들었다.

나의 첫 샤넬 백

15년 전, 나는 소공동 롯데면세점 샤넬 매장 쇼윈도에 선명한
립스틱 자국을 남기는 만행을 저질렀다. 영화 〈티파니에서
아침을〉에서의 오드리 헵번처럼 쇼윈도에 달라붙어 진열된
가방을 빨려 들어가듯 바라보다가 입술이 유리창에 부딪힌
것이다. 유리창 안에서 영롱한 자태를 뽐내던 검정 페이턴트
가죽의 샤넬 2.55백은 평생의 인연을 처음 본 순간처럼 후광을

뿜으며 '당장 나를 데려가'라고 나에게 말하는 듯했다. 한 달 치 월급을 거의 다 지불해야 했을 정도로 20대에 내가 사본 가장 비싼 물건이었다. 이 가방을 손에 넣던 그 순간은 여전히 가장 두근거리는 쇼핑의 경험으로 남아 있다. 그 이후로도 긴 시간 패션에 관련된 일을 해온 만큼 내 옷장에는 이런저런 이름을 단 샤넬 백이 늘어갔지만, 이 가방만큼 애틋함을 지닌 백은 없다. 대부분의 백을 대충 드는 나는 이 가방만큼은 소중하게 보관하고 있다. 가방 내부에 얇은 종이를 겹쳐 채우고 더스트백에 다시 넣은 후 가방을 두는 옷장 안에서도 가장 상석에 두었다.

물건을 하나둘 찾아 추억에 잠기며 난 결국 패배를 인정했다. 과거의 기억이 담긴 물건 하나에 울고 웃을 수 있다는 사실은 그간 경험해보지 못한 기쁨이었다. 오랜 세월 물건이 지닌 추억과 함께 사는 사람들을 조금은 이해할 수 있게 된 것뿐만 아니라, 물건의 진정한 가치를 생각해보며 내가 쌓아온 역사를 따라가 보는 따뜻한 경험을 할 수 있었다. 내 케케묵은 물건들을 통해 말하고 싶은 건, 나의 자존감을 올려주는 물건은 세상이 정해놓은 '명품

딱지'만이 아니란 점이다. 다른 사람에게는 아무런 의미가 없는 물건일지라도 때론 친구에게 보냈던 편지 한 통, 우연히 적어놓은 글귀 한 줄이 잊고 있던 '나'를 되찾게 하는 단서가 된다.

단, 물건이 주는 추억여행에 빠지다 보면 주의해야 할 점이 하나 있다. 과거에 대한 과한 몰입으로 현재의 삶을 빈곤하게 해서는 안 된다. 추억이 담긴 물건이라는 게, 따지고 보면 한도 끝도 없기 때문이다. 엊그제 내가 구입한 작은 향수 하나, 립스틱 하나조차 이제는 며칠 사이 가까운 과거가 된 나의 취향과 인생을 반영하는 역사 아니겠는가.

이제 자신과 적당히 합의를 보자. 비움은 여유를 낳고, 채움은 추억을 낳는다.

소장가치는
누가 매기나

낡은 옥가락지를 둔 서랍을 쳐다만 봐도 돌아가신 외할머니의 따뜻한

미소가 떠올라 세상 부러울 것 없이 행복해진다면 장식장 뒤에 있던

다이아몬드 3캐럿과 무엇이 다른가. 물건의 소장가치는 그렇게

그 물건을 지닌 자의 마음이 매기는 것이다.

　　　　　　　　대학 때 친하게 지내던 한 친구에게
들은 재미있는 얘기를 하나 해보려고 한다.

　　당시 친구의 엄마가 상당히 큰 규모의 계를 들었는데, 어느
날 곗돈을 받을 차례가 돌아왔다고 한다. 그 돈으로 인생 최고의
사치를 누리기로 마음먹은 엄마는 통 크게 다이아몬드 반지를
하나 구매했다. 무려 다이아몬드 3캐럿을 소장한 기쁨에 겨웠던
그녀는 혹시나 누가 훔쳐 갈까 전전긍긍한 나머지, 부엌 벽을 살짝
뚫어 그 안에 반지 상자를 넣고 커다란 장식장으로 가려놓았다고
한다.

　　"그럼 반지를 끼고 외출하려면 매번 큰 장식장을 옮겨서 구멍
속에 넣어둔 반지 상자까지 꺼내야 하는 거야?" 호기심 어린
질문에 친구는 대답했다.

　　"아니, 수년간 장식장을 옮긴 일이 없었어. 단 한 번도."

친구의 엄마는 단 한 번도 그 반지를 낀 적이 없다고 했다. 평생토록 갖고 싶었던 그 소중한 물건을 엄마는 감히 손가락에 낄 수 없었던 것이다. 끼지도 않을 거면 왜 그렇게 비싼 반지를 샀느냐는 자식들의 핀잔에도 "부엌 장식장만 쳐다봐도 엄마는 세상을 가진 기분이야"라는 말이 늘 공식 답변처럼 돌아왔다고 한다.

문제는 시간이 한참 흐른 후에야 일어났다. 그렇게 10년이 흘러 새집으로 이사하기 위해 장식장을 옮기게 된 순간, 엄마는 그 자리에 얼어붙었다. 장식장 뒤에 있어야 할 반지가 흔적조차 없이 사라졌기 때문이다. 친구의 집은 한바탕 난리가 났다. 대체 언제부터 그 자리에 없었던 것인지 누구도 알 수 없었기에 경찰에 신고를 하네 마네, 보석을 언제 잃어버렸는지 누가 증명을 하네 마네, 말 그대로 엄청난 소동이 벌어졌고 친구의 엄마는 머리를 싸매고 한 달을 앓아누웠다.

시간은 그렇게 어영부영 흘러가버렸고 가족들은 모두 잃어버린 보석을 가슴속 깊이 묻었다. 반지 사건이 기억에서 까마득해질 무렵, 어느 날 아버지는 갑자기 분위기를 잡으며 자식들을 불러다 앉혀놓고 중대 사실을 발표했다. 잃어버린 보석은 이미 이사를 떠나기 몇 년 전, 아버지가 사업에 급전이

필요해 몰래 갖다 팔았노라는 고백이었다. 어차피 너희 엄마는
그 반지를 평생 끼고 나가지 못할 테니 아빠가 가져다 요긴하게
쓰는 게 훨씬 합리적이고 옳은 결정이라고 생각했다는 것이다. 이
우습고도 슬픈 이야기는 친구들 사이에 두고두고 회자되었다.

    친구 엄마의 잃어버린 다이아 반지는 끼고 나간 적이 없으니
어쩌면 효용가치가 없는 물건이었을지도 모른다. 그러나 '나는
다이아몬드 3캐럿을 가졌다'는 사실만으로 그녀가 10년 동안 세상
누구도 부럽지 않도록 행복했다는 점에서 그 소장가치만큼은
인정할 만하다. 만약 친구네 집이 이사를 가지 않았더라면 엄마
마음속의 소장가치는 더욱 긴 시간, 제 몫 이상으로 높아졌겠지만
말이다.

    또 다른 지인 중에 와인을 좋아하는 이가 있다. 20년 넘게
모은 수억 원 상당의 와인 700여 병을 소장한 그는 와인셀러
놓을 공간을 확보하기 위해 큰 집으로 옮겼다고 했다. 작은
8구짜리 와인셀러 하나에 와인이 다 채워질 겨를도 없이 서둘러
다 마셔버리는 내 입장에선 참으로 신기한 노릇이었다. 어느 날
함께 식사를 하다가 와인이 그렇게 많이 모이는 비결이 무엇이냐
물었더니 재미있는 대답이 돌아왔다.

Part 1
취향을 산다

"저는 와인 사는 걸 좋아하는 거지 마시는 걸 즐기지는 않아요."

수많은 와인을 가졌으니 응당 와인 소믈리에급의 해박함을 지녔을 테고 예민하게 미식을 즐기는 사람일 것이라는 나의 생각은 그저 편견이었다. 사회 초년생부터 비서실 생활을 하면서 해외 출장이 잦았다는 그는 자연스럽게 와인에 대한 정보를 많이 얻게 됐고, 아는 게 많아지니 희소하고 귀한 와인을 보면 저절로 사두고 싶어졌다고 했다. 오래될수록 가치가 올라간다는 점도 매력적이었고 와인을 소재로 집에 방문한 이들과 즐겁고 의미 있는 대화를 할 수 있으니 마시는 것보다 더 큰 희열이 있다고. 꽉 차 있는 와인셀러를 바라보면 마음이 흡족할뿐더러 어쩌다 귀한 분이 집에 방문하면 역사적인 와인을 한두 병 대접할 수도 있으니 소장가치와 효용가치를 동시에 충족하는 멋진 품목이라는 것이다.

오래 숙성될수록 가치를 인정받는 와인처럼, 소장가치는 간혹 재테크의 의미로도 쓰인다. 샤넬 백 구매를 '샤테크'라 칭하는 문화는 벌써 정착된 지 오래고 에르메스 캘리나 버킨처럼 매장에서도 구하기가 어려워 소장가치가 있는 제품들은 리셀숍으로 옮겨져 가격에 프리미엄이 붙기도 한다. 그 가격이 과하다고 한탄하면서도 '허튼 금액은 아니야, 소장가치가 있잖아' 하고 자신을 위로한다. 반대로 '그 물건은 사지 마, 소장가치가 별로 없어'라며 내놓을 만한 타이틀이나 희소성이 없는 제품을 거르기도 한다.

　　일례로 북미의 '스탁엑스'나 한국의 '아웃오브스탁', '엑스엑스블루' 같은 한정판 운동화 거래 사이트에 들어가면 주식 시세처럼 실시간으로 매겨진 한정판 운동화 모델의 가격을 볼 수 있다. 기업의 가치를 측정하는 주식처럼 운동화의 가격에도 다양한 변수가 적용되면서 그때그때 시장 가격이 달라지는 것이다. 디자이너가 세상을 떠나거나 은퇴하면서 가격이 뛰기도 하고, 디자인이 덜 예쁜 신상품이 나오면 지난 시즌 더 예쁜 디자인 제품의 값어치가 높아지기도 한다. 소장가치에 투자하는 마니아들이 등장하면서 한정판 운동화의 리뷰만을 전담하는 유튜버도 생겨났다. 결과적으로 사람들이 말하는 소장가치는 '그 물건을 소장하고 싶은 사람'의 수가 얼마나 되느냐에 달린 것이다.

　　법정 스님은 평생을 걸쳐 '무소유'에 대해 설파하셨지만,

나는 이 거대한 사바세계의 어쩔 수 없는 중생인지라 '채웠을 때 보이는 것들'에 시선을 두고 살게 된다. 심지어 직업적으로 소유가 가져오는 기쁨과 행복에 대해 늘 연구하고 고민하기도 한다. 자신을 행복하게 만들어줄 물건에 기꺼이 투자할 준비가 된 사람들에게 어필하기 위해서 때로는 "이 물건은 소장가치가 있어요"라고 말할 때도 있다. '소장가치'라는 단어에는 불분명했던 쇼핑의 이유나 목적을 명확하게 만들어주는 마력이 있기 때문이다. "왜 샀어?"라는 질문에 그냥 "갖고 싶어서"라고 말하는 것보다는 조금 이성적이고 합리적인 인상을 주며 내 쇼핑에 공감해주지 않는 누군가를 설득하기에도 유용한 단어가 바로 '소장가치'다. 한정판이라서, 디자이너 콜라보 라인이라서, 이제는 생산 중단된 제품이라서, 이런저런 다양한 이유로 '어머, 이건 소장가치가 있으니 사야 해!'를 외치는 사람들을 우리는 자주 목격한다. 확실하지 않은 자신의 선택에 강한 추진력을 얻기 위한 주문과 같다고나 할까. 그렇다면 이쯤에서 사람마다 다르게 사용하는 소장가치의 사전적 의미를 찾아보자.

소장가치 : 자신의 것으로 간직할 만한 가치

말 그대로 소장가치는 소장한 사람이 스스로 매기는 것이다. 갖고 싶던 물건을 소유함으로써 얻은 만족, 물건을 사용하면서 누린 편리함, 물건과 함께 다녀온 곳의 아름다운 기억, 나에게 그 물건을 선물한 사람의 의미, 내 인생 곳곳에서 물건이 한 역할…… 소장가치의 가장 큰 기준은 물건을 소유했을 때 내가 얻는 '정서적 만족'이다. 내가 스스로 찾아낸 소장가치는 남이 가격을 정해주는 재테크 가치와 동일 선상에 둘 수 없다. 누군가 감히 숫자로 매길 수 있는 종류의 것이 아니다.

내게 소장가치 있는 물건은 친정집에서 발견한 어린 시절 가지고 놀던 양배추 인형이 될 수도 있고 외할머니가 물려주신 촌스러운 옥가락지가 될 수도 있다. 낡은 옥가락지를 둔 서랍을 쳐다만 봐도 돌아가신 외할머니의 따뜻한 미소가 떠올라 세상 부러울 것 없이 행복해진다면 장식장 뒤에 있던 다이아몬드 3캐럿과 무엇이 다른가. 물건의 소장가치는 그렇게 그 물건을 지닌 자의 마음이 매기는 것이다.

네가 좋아하는 건 이미 내가 알고 있다니까

나의 퍼스널 쇼퍼,
AI

Part
1

물건을 비교하고 상상하고 따져보며 사는 것이 오래 걸리고 피로한

일이라는 생각에 동의할 수 없는 나는 물건을 사는 데 들인 시간과

에너지가 클수록, 쉽게 말해 '발품을 팔수록' 쇼핑의 만족도가 올라가는

경험을 우리는 누구나 해본 적이 있다고 믿는다.

후배 중에 여자 친구가 끊이지 않는
녀석이 있다. 얼핏 평범해 보이는 외모에 말주변이 좋은 것도
아닌데 그의 매력이 무엇인지 늘 궁금했다. 그러다 술 한잔할
기회가 있어 그 비결이 뭐냐 물었더니 후배의 대답이 꽤 재미있다.
사실 본인은 마음에 드는 사람을 만나서 호감을 표시했을 때
거절당하는 일이 잦은 편이라는 것이다. 다만 한두 번 만에
포기하지 않고 시차를 두고 꾸준히 상대에게 안부를 물으며
그녀의 기분을 살핀다고 했다. 그러다 보면 기회가 찾아온다는
것이다. 예를 들면 날씨가 눈부시게 좋은 주말, 잡혔던 약속이
갑자기 취소돼 짜증이 나 있던 그녀에게 '주말인데 뭐 해요?'라는
문자는 반가운 연락일 수 있고, 어쩌다 잘 지내냐고 전화한 날
좋아하던 남자에게 실연을 당해 누구라도 만나 술 한잔하고
싶었을 수도 있다는 것이다. 그녀의 컨디션과 기분에 따라 어느

날은 만사가 귀찮지만, 또 다른 어느 날은 예쁘게 차려입고
데이트를 나서고 싶을 수도 있으며 그런 기회를 위해 데이트
신청을 여러 번 하는 정도의 노력을 해야 한다고 했다. 거절당할
것을 두려워하지 않고 데이트 신청을 반복하면, 언젠가 한 번쯤은
약속을 잡는 날이 온다는 게 그 녀석의 비결이라면 비결이었다.
처음엔 황당무계했지만, 듣다 보니 꽤 일리가 있어 보였다.
여자는 남자와 달리 주기적으로 큰 호르몬 변화를 겪고, 따라서
기분과 욕구도 자주 변하는 예민함을 가지고 있으니 그녀의 닫힌
마음이 언제 열릴지 모르는 일이라는 나름의 생물학적 근거까지
늘어놓았다. 마음이 열리는 타이밍을 잡기 위해 꾸준히 노크할 줄
아는 인내심을 가지는 것은 연애 사업에 있어 절대 어려운 기술이
아니라고도 했다.

　　요즘 시대에도 열 번 찍는 남자가 있구나, 녀석의 진지하고도
확고한 신념에 피식 웃음이 나면서도 그와 비슷한 경험 한두
가지가 내 뇌리에도 재빠르게 스쳐 간다. 누구라도 만나고 싶던
어느 외로운 저녁, 별로 친하지 않은 친구를 만나겠다고 친구 회사
앞까지 가본 기억이라든가, 처음 해본 직장생활에 고군분투하던
사회 초년생 무렵 때마침 연락이 닿았던 학교 선배에게 기껏 술
한잔 얻어먹고 보험에 가입해준 기억들 말이다. 후배의 분석은

나름 예리했다.

그러고 보니 추석 즈음 장바구니에 담았다가 고심 끝에 구입하지 않기로 한 가방 하나가 요즘 끈질기게 가는 곳마다 따라붙는다. 핫한 정치 기사를 보고 있으면 글의 반 이상을 가리며 가방 사진이 팝업으로 불쑥 튀어나오기도 하고, 사진 앱을 켜면 이전에 클릭했던 운동화가 귀신같이 나타나 화면을 가득 채우기도 한다. 분명 장바구니에 넣기만 하고 구매하지 않았던 이유가 있었을 터인데 그런 이유 따위는 어느덧 잊은 채 눈앞에 계속 보이니 내 물건인가 싶고 이제는 그 가방을 든 내 모습을 상상하기 시작한다. 사람이고 물건이고 자꾸 보면 정이 들고 특별하게 느껴지지 않던가. 끈질긴 가방의 구애를 버티고 버티다, '오늘이 마지막 기회!'라는 자극적인 제목의 메일에 딸려온 할인 쿠폰을 발견한 어느 날 밤에는 나도 모르게 그 가방을 결제하지 않고는 못 배기는 순간을 맞이하고야 만다. 며칠 후 가방을 배송받던 순간, 여자의 마음이 언제 열릴지 모르니 끊임없이 노크를 해봐야 한다던 후배의 이야기가 문득 떠올랐다. 내 오락가락하는 호르몬이 지름신을 불러오는 특정 기간을 혹시 쇼핑몰의 마케팅 시스템이 눈치챈 건 아닐까.

주말을 앞두고 수많은 쇼핑몰 담당자에게 이메일을 받는다. 메일을 발신한 이들은 대부분 국적 불명의 영어 이름을 달고 있다. 메일의 주요 내용은 상투적인 인사와 더불어 물건 추천이다.

'당신의 특별한 하루를 위한 옷을 골라보세요.'

'당신에게 어울릴 만한 새로운 아이템들이 있어요.'

철저히 나에게 맞춰진 듯한 추천 메일. 불특정 다수가 아닌, '오직 너를 위한 물건'으로 패러다임을 전환한 쇼핑몰이 늘어나며 이제 내 메일함은 온갖 쇼핑몰의 '안녕하세요, 세영 님'으로 시작하는 메일로 넘쳐난다. 인정하고 싶지 않지만, 이메일 속의 추천 물건은 적중률이 꽤 높다. 메일을 보내는 게 과연 사람인지 로봇인지 알 수 없지만, 간파당한 나의 취향은 누군가에게 데이터화되고 있다.

얼마 전 네이버는 쇼핑 부분에 인공지능 시스템AI을 도입한다며 대대적인 홍보 기사를 냈다. 이 회사가 도입한 AI는 사용자가 과거 구매했거나 장바구니에 담는 등 살펴본 상품 이력과 소비 패턴을 분석해, 구매 가능성이 높은 상품을 자동으로 추천한다고 한다. 기존 구매 상품 중 만족도가 높았던 상품의 구매 주기를 분석하고 클릭하는 순서 등을 분석해 원하는 상품을 구매하기 위해 평균 16회 클릭해야 하는 번거로움을 줄여 좀 더 쉽고 빠르게 원하는 상품을 찾아 쇼핑의 즐거움을 배가한다는 것이다. 정보의 홍수 속에서, AI는 '찾아주는 것'보다 '골라주는 것'에서 자신의 할 일을 찾기 시작했다. 쇼핑몰은 단순히 제품을 소개하는 데 그치지 않고 연령, 체형, 옷 입는 상황까지 맞춰 열심히 큐레이팅하기 시작했다. 하지만 나는 기사를 읽으며 열여섯 번의 클릭을 '번거로움'으로 규정하는 대목에서 이미 고개를 가로저었다. 즐거운 쇼핑은 결코 신속한 문제 해결에서 시작된다고 생각하지 않으니 말이다.

나에게 쇼핑이라 함은, 어린 시절부터 취향이 비슷한 친구의 팔짱을 끼고 이 가게 저 가게를 진 빠지게 기웃대다가 카페에 앉아 한바탕 난상토론을 벌인 끝에 회심의 결정이 이루어지는 과정이었거늘, 세월이 흐르고 시대가 바뀌었다. 나 홀로 온라인을 돌아다니는 쇼핑을 하는 과정이 외롭기도 하지만, 나만의 결정에 이르는 과정은 또 다른 즐거움이기도 하다. 그렇게 비로소 내 눈에 든 아이템을 입고 외출한 어느 날 "그거 어디서 사셨어요? 세영 님과 찰떡이에요! 예뻐요!"라는 예상치 못한 찬사를 들을 때면, 눈이 빠져라 스크롤을 내리고 다음 페이지를 넘긴 내 인내심과 안목에 뿌듯함을 안겨주기도 하지 않는가. 다만 어느 날 정신을

차리고 보니 보이지 않는 누군가가 내 뒤를 바짝 쫓아와 '나는
네가 좋아할 만한 것을 다 알고 있다'라고 외치며 내 쇼핑 패턴을
분석하고 끊임없이 새로운 물건을 권유하고 있지만 말이다.

　　간혹 특정 분야의 진화가 반드시 진보를 의미하는 것은
아니라고 생각한다. 발전하고 좋아지는 것이 아니라 환경과
필요에 맞춰 변화하는 것뿐이다. 물건을 비교하고 상상하고
따져보며 사는 것이 오래 걸리고 피로한 일이라는 생각에 동의할
수 없는 나는 물건을 사는 데 들인 시간과 에너지가 클수록,
쉽게 말해 '발품을 팔수록' 쇼핑의 만족도가 올라가는 경험을
우리는 누구나 해본 적이 있다고 믿는다. 늘 단정하고 여성스러운
정장만을 고집하며 쇼핑해온 누군가가 어느 날 난데없이 뮤직
페스티벌에 가기 위해 프린지가 달린 보헤미안 스타일을 찾게
되는 경우를 가정해보자. 아마 '왜 요즘은 통 그런 옷이 안
보이지?' 하며 온라인 매장들을 여기저기 헤매며 돌아다니게
될지도 모른다. AI는 급격히 달라진 쇼핑 패턴에 당황해 엉뚱한
결과들을 마구 꺼내놓게 될 테고 아마도 평소보다 그녀가 원하는
물건을 만나는 데 훨씬 더 오랜 시간이 걸릴 수도 있지 않을까.
기술의 발전이 쇼핑의 편리함을 가져온다는 사실에 어깃장을

놓고 싶은 생각은 없다. 다만 즐거운 쇼핑의 경험이란, 원하는 물건을 신속하게 찾는 편리함과 절대적 상관관계에 있는 건 아니라는 사실을 얘기하고 싶을 뿐이다. 나는 여전히 모퉁이를 돌고 돌아 발견한 가게에서 보물처럼 발견한 스웨터 한 벌이 주는 쇼핑의 우여곡절이 좋다. 그리고 이제 곧 AI는 사람의 이런 감성까지 파악하려 들 게 뻔하다. 좋아하는 여자의 마음을 얻기 위해 끊임없이 문을 두드린다는 그 똑똑한 후배처럼.

문득 영화 〈허Her〉의 한 장면이 떠오른다. 친구 조카 생일에 초대된 외로운 남자 주인공 테오도르는 파티에 섞이지 않은 채 거실 한구석에 앉아 자신의 AI인 사만다와 끊임없이 대화한다.

테오도르 : (친구 딸이) 드레스 맘에 든대.

사만다 : 정말?

테오도르 : 지금 입어보러 갔어.

사만다 : 나 잘 골랐어?

테오도르 : 응.

사만다 : 신난다!

메일을 읽어주거나 조카딸의 선물을 골라주는 단순한 작업에 그치지 않는 감정을 가진 인공지능 사만다는, 사랑에 실패했던 테오도르의 공허한 마음을 구석구석 알아주고 대화를 건네며 감정의 틈을 메워준다. 그러자 테오도르는 마치 얼굴도 모르는 펜팔 상대와의 로맨스처럼 사만다에게 열렬한 사랑에 빠진다. 영화 속 이야기지만, 어쩌면 나 또한 AI가 끈질기게 추천한 새 가방을 구매하면서 나도 모르게 나의 퍼스널 쇼퍼인 사만다에게 퐁당 빠져버린 것인지도 모른다. 사만다는 빨래, 밥, 청소도 필요 없고 호르몬의 변화조차 겪지 않는 순애보이니 그저 가끔 지갑을 열면서 내 마음만 변치 않으면 된다.

블랙으로 할게요

무난하기도
쉽지가 않아

Part
1

내 옷차림을 지적한 그들의 관심은 결코 진짜가 아니라는 것이다.

아무도 내가 그 옷을 입고 애인을 만나러 가는 건지 진심으로

궁금해하지 않는다. 그저 '무난하지 않은' 내 차림새에 대한 어색함을

다른 방식으로 표현한 것에 불과하다는 걸 뒤늦게 깨달았다.

출근을 준비하던 남편이 낯익은 듯 낯선 네이비 재킷을 입고 나온다. 얼핏 보곤 깜빡 속을 뻔했지만, 내 예리한 눈썰미에 새 옷이 그냥 넘어가질 리가 없었다.

"그 재킷 뭐야? 새로 샀어?"

"응, 무난하길래……."

"아니, 저번에도 그런 거 사지 않았어?"

우리 부부의 이 대화는 흡사 데자뷔와도 같다. 어차피 이번 생은 한 번뿐인데 옷 색깔 정도는 입고 싶은 거 입고 살자며 튀는 컬러를 들고 우기는 나와, 군중 속에 묻히는 무채색을 입는 게 맘이 편하다는 남편의 고집 사이에선 늘 똑같은 패턴의 실랑이가 벌어진다. 밖에서 함께 쇼핑할 때도 마찬가지다. '다른 사람들의 눈에 띄는 패션은 아무래도 부담된다'라고 완곡하게 표현하며 빼꼼히 네이비와 그레이를 집어 카트에 집어넣는 남편 앞에선, 패션업에 종사하는 아내의 스페셜 초이스도 무색해진다. 흰 피부와 작은 얼굴을 가진 그는 파스텔 니트나 원색의 셔츠를 입었을 때 훨씬 돋보이건만, 무난함이라는 장점 하나 때문에 컴컴한 무채색에 자기 장점을 숨기고 군중 속에 묻히기를 자처하는 것이 못내 안타까울 뿐이다.

그런데 참 재미있는 점은 무난함도 소속과 장소에 따라 스타일이 바뀐다는 것이다. 몇 년간 대기업을 다니던 남편은 임원 회의에서 무난하게 보일 옷으로 늘 쥐색이나 감색 양복 또는 면바지를 입고 다녔는데, IT 전문회사로 이직하더니 그날부터 모든 양복을 창고에 넣고 스웻 셔츠나 후드티에 짙은 청바지와 나이키 운동화 차림만 고집했다. 남들과 비슷한 차림으로 '적당히' 조직 문화에 섞이는 것이 직장에 잘 적응하는 거라고 생각하는 듯했다. 직장마다 규정과 문화가 있다는 걸 이해 못 할 바는 아니지만, 학창 시절 교복도 내 스타일로 고쳐 입고 다니던 반골 기질의 나로선, 굳이 남들과 일관된 스타일로 살아가는 것이 이해가 가진 않는다. 물론 몸에 딱 맞는 교복을 입은 죄목으로 교무실로 끌려가 엉덩이를 솔찬히 두들겨 맞는 대가를 치르긴 했지만, 그때나 지금이나 생각은 같다. 이 사람 저 사람 다 입는 교복 좀 내 체형에 맞게 리폼하는 게 뭐 그리 큰 잘못인가 싶다.

평소 체크무늬 셔츠에 면바지 차림으로 다니는 친한 피디는, 패션만 보고 '공대 출신이냐'는 피디 선배들의 농담을 오랫동안 들어왔다고 했다. 공대는 근처에도 가본 적이 없고 사회과학대를 졸업했다는 이 피디의 패션은 일명 '공대 여자 룩'으로 불린단다. 나름 바꿔보려 이런저런 시도를 해봤으나, 습관으로 한번 자리 잡은 스타일을 바꾸는 게 쉽지는 않다고 토로했다. 하기야 나도 '너희 학교 출신 중에 너같이 입는 애는 처음 본다'라는 이야기를 곧잘 들었으니, 출신에 따른 고정관념은 어제오늘의 이야기는 아닐 것이다.

30대 후배들 얘길 듣자 하니 스트라이프 티셔츠에 반바지를 입으면 '판교 룩'이라 불리고, 화이트 셔츠에 검정 바지를 보수적으로 입는 사람의 차림은 '여의도 룩'으로 부른단다. 동네 이름까지 동원한 사람들의 작명 센스라니 무릎을 치게 된다. 기막힌 네이밍에 깔깔 웃어넘기던 것도 잠시, 잠자고 있던 나의 반골 기질이 또 스멀스멀 샘솟는다. 각종 업종과 지명이 붙은 '어디 어디 룩'에 대한 이야기를 계속 듣다 보면 사람들의 개성과 자유를 무시하고 패션 스타일에 칸막이를 세운 듯한 정형화된 뉘앙스가 불편해지기 시작하는 것이다.

　　오늘 진행한 방송에서도 판매되는 옷의 7할은 블랙이었다.
일단 날씬해 보일 테고, 때도 잘 타지 않고, 어떤 색깔의 옷과
매치해도 대충은 어울릴 법한 선택. 심지어 직접 입어볼 수 없이
눈으로만 보고 사야 하는 홈쇼핑이라면 더군다나 '무난한' 블랙이
진리인 모양이다. 빗발치는 주문 전화에 블랙은 오늘도 제일 먼저
매진됐다. 튀는 컬러나 패턴의 제품은 일부 마니아들의 선택으로
방송 초반 주문이 쉽게 몰리지만, 다수의 고객을 끌어모으는 데는
언제나 역부족이다. 이렇다 보니 홈쇼핑에서 발주하는 총 수량의
절반 이상은 언제나 실패율이 적은 컬러, 블랙이 차지한다. 그동안
수많은 물건을 팔면서도 '이토록 많은 블랙 옷을 도대체 누가
입고 다니나' 싶었던 속마음을 들키기라도 한 양, 얼마 안 가 내 두
눈으로 그 광경을 확인하는 일이 벌어지고 말았다.

　　귀가 떨어지도록 추웠던 지난겨울 아침, 아침 방송을 위해
바삐 운전하던 차 안이었다. 차가 모두 멈춰 선 사거리에서,
문득 내 눈앞에 펼쳐진 풍경은 다름 아닌 '블랙 롱패딩 군단!'
버스를 기다리는 사람들, 지하철역 입구로 들어가는 회사원,
학교 가는 학생들 모두 입기로 약속이라도 한 듯 '블랙 롱패딩'을

입고 있었다. 잠깐 정신을 놓고 보면 대이동을 하는 한 무리의
까마귀 떼 같기도 했다. 그 장관에 문득 의아했다. 분명 해외에선
한국인이 패션과 뷰티에 관심이 많은 나라로 정평이 나 있는데
모두가 교복을 맞춰 입은 듯한 일사불란한 모습으로 거리로
나서니 말이다.

　　그러고 보면 한동안 나도 스포츠 브랜드의 롱패딩 방송을
많이도 했다.
　　'우리 애만 없으면 안 되니까.'
　　'친구들도 다 블랙을 입으니까.'
　　이런저런 이유로 몇 해 동안 블랙 롱패딩 매출은 가히
폭발적이었다. 오죽하면 당시 엠디들 사이에서 '지금은 길고
검기만 하면 무조건 팔린다'며 '다른 색 재고도 지금 당장 검은색
물감으로 칠하자'는 농담까지 하기에 이르렀었다. 따뜻하고
편하고 관리가 쉽다는 장점이 물론 있겠지만, 대다수는 자기가
속한 조직이나 집단 속에 무리 없이 존재하고 싶다는 이유로
블랙 롱패딩을 선택한다. 이번에도 무난하게 보이기 위해서 너무
유행에 뒤처져서도, 또 너무 튀어서도 안 된다는 결론을 내리고야
마는 것이다.

남녀노소 불문하고 그들을 지배하는 집단적인 스타일이
자리 잡는 이유는, 우리 사회가 개인의 패션에 '보이지 않는
규정'을 두고 있기 때문이라고 생각한다. 이 보이지 않는 한도
때문에, '입어야만 하는 스타일'도 생기지만 '입어서는 안 되는
스타일'이라는 것도 생긴다. 없어서는 안 될 정도로 거세게
유행하던 아이템일수록 시간이 지났을 때 다시 꺼내 입기가
머뭇거려지는 경험이 누구에게나 한두 번은 있을 것이다. 남의
기준에 맞춰 입다 보면 옷 입는 것이 재미없어지고 옷장엔 벌써
유행이 끝난 건가 싶어 몇 번 입지도 못한 물건들이 가득해지고
만다. 요즘 어떤 핏의 청바지를 입어야 촌스럽다는 소리를 듣지
않는 건지, 가죽 라이더 재킷은 혹시 유행이 한참 지났는데 나만
입는 건 아닌지 아침마다 눈치를 보면서 적당히 무난하게 보일
룩을 찾아 헤매야 하는 것이다.

무난함과 개성, 그 아슬아슬한 외줄 타기는 알고 보면 내
사회생활에서도 끊임없이 지속되어왔다. 직장생활을 그만두고
프리랜서 쇼호스트로 살기 시작한 이후, 나 역시 조금만 독특하게
꾸미고 가면 '오늘 어디 가냐'는 질문을 받기 일쑤였다. 남들에게
피해를 주거나 예의에 어긋나는 것도 아닌데 바지만 입다가

간만에 치마라도 입고 오면 "뭐 좋은 일 있나 봐?"라든가, 어쩌다 화장대에 처박혀 있던 선물 받은 붉은색 립스틱을 발견해 바른 날이면 "애인 만나러 가?" 등의 뻔한 말을 반드시 몇 번은 듣고야 만다. 하지만 나는 꿋꿋했다. 명색이 상품을 다루는 사람인데, 본인만의 매력과 감각을 펼칠 새도 없이 집단 속에 묻히는 옷을 입어야 하는 분위기를 받아들이는 건 자존심이 허락하지 않았다. 내 차림새를 핑계 삼아 핀잔 섞인 농담을 한마디씩 던지던 사람들도 몇 달이 지나자, 지치지 않고 내키는 대로 입는 나를 포기했다. 어쩌면 나보다 먼저 지쳤거나 나를 받아들였다는 표현이 더 맞을지도 모르겠다.

기억해야 할 것은 내 옷차림을 지적한 그들의 관심은 결코 진짜가 아니라는 것이다. 아무도 내가 그 옷을 입고 애인을 만나러 가는 건지 진심으로 궁금해하지 않는다. 그저 '무난하지 않은' 내 차림새에 대한 어색함을 다른 방식으로 표현한 것에 불과하다는 걸 뒤늦게 깨달았다.

패션계에서 다양한 사람을 만나며 느끼는 점은 유행을 앞서가고 쇼핑을 많이 하는 사람도 근사하지만, 자기만의 독특한 분위기와 스타일을 가진 사람이 더욱 매력 넘친다는 것이다.

왜 다른 이가 나의 스타일을 정하는 대로 내버려 두는가? 우리가 따라야 할 스타일을 굳이 정해야 한다면, 그것은 오직 자기의 취향과 경험으로 다듬어진 '자기만의 스타일'이어야 할 것이다.

'모난 돌이 정 맞는다'는 말이 거슬려 무난함을 고집할 건가? 그렇다면 날아오는 정들을 꿋꿋이 튕겨내며 나의 모양을 스스로 연마한 개성 있는 보석이 되는 쪽을 택해보는 건 어떤가. 그것이 바로 무난함을 강요하는 세상에서 자기 스타일을 찾아내는 사람들의 비결이다.

왜 오래된 것이 매력적일까

빈티지가
좋아

어쩌면 빈티지란 단지 과거의 전유물이 아니라 현재와 과거, 또 다른

과거를 이어가게 하는 새로운 스타일의 지향점일지도 모르겠다.

1990년대 10대였던 나는 매스컴에
등장하는 영국의 다이애나 왕세자빈의 패션을 동경했었다.
경쾌한 컬러의 투피스 정장에 색을 맞춘 모자를 쓰고 클래식한
사각 샤넬 백을 매치한 그녀는 기자들 사이로 꼿꼿한 걸음으로
걸어 나오곤 했었다. 그 섬세한 기품에 매료된 어린 나에게는
그녀의 모습이 '높은 사회적 지위,
지성과 명예를 다 갖춘 성공한
성인 여자'의 디폴트로 자리 잡았던

듯하다. 그래서 내가 그 시절
로망으로 품었던 샤넬 백은 클래식
체인백이 아니라 가죽으로 감싼
둥근 손잡이가 달린 다이애나의
사각 토트백이었다. 그러나 성인이

되고 샤넬 백을 구입할 수 있는 경제적 여유가 생긴 후에도 나는 그녀가 들던 똑같은 가방은 구할 수 없었다. 샤넬에서 해당 모델을 단종한 탓이었다. 아예 생산조차 되지 않는 가방을 구할 도리가 없었다. 그렇게 다이애나의 샤넬 백은 어릴 적 로망 중 하나로 남아 있었다. 그런데 어느 밤, 무심코 SNS를 뒤적이다 도착한 한 온라인 빈티지 상점에 바로 그 1990년대 가방이 매물로 올라온 것이 아닌가? 내 평생 만날 수 없을 거라 생각했던 꿈의 가방, 그것도 단 한 피스가 새 주인을 기다리고 있었던 것이다. 나는 첫사랑을 다시 마주친 듯 누워 있던 자리에서 벌떡 일어났다. 반드시 내가 그 가방의 주인이 되어야만 한다는 생각에 결제하던 손이 어찌나 떨리던지…… 소녀 시절부터 품어왔던 동경의 대상을 전혀 기대하지 못했던 순간에 만나는 그 희열, 이건 분명 빈티지만이 줄 수 있는 매력이다.

　런던이나 파리에 여행을 가면 주말에 열리는 크고 작은 규모의 빈티지 마켓을 자주 만난다. 처음엔 영화 〈레 미제라블〉에 나올 법한 촛대며, 동화책 속에서 봤음 직한 오르골, 사진으로나 보던 열쇠로 여는 트렁크 등이 너무 신기해서 이런저런 물건들을 마구잡이로 구매해 낑낑대며 한국까지 짊어지고 오기도 했다.

그러나 비행기를 타고 인천공항에 내리는 순간, 이 진귀한
물건들은 신데렐라의 마법이 풀린 듯 '아름다운 쓰레기'로
전락하는 신세가 되고 말았다. 현지에서 그토록 나를 사로잡았던
물건이 우리 집이라는 현실 공간으로 옮겨지는 순간, 그렇게
무용한 물건일 수가 없었다. 깔끔한 성격의 엄마는 "누가 쓰던 건
줄 알고 아까운 돈 주고 이런 걸……" 하며 혀를 끌끌 차곤 했다.

하지만 쉴 새 없이 트렌드를 쫓는 직업을 가진 나에게 낡고
오래된 것 특유의 빈티지 감성은 또 다른 매력으로 다가온다.
칙칙한 도시 속에 살아가는 우리에게 아날로그적이고 따뜻한
무드의 빈티지한 공간은 안정감과 편안함을 준다. 빈티지숍에
들어섰을 때 마주하게 되는 오래된 것들 특유의 분위기가 건네는
정서는, 시간에 쫓기는 바쁜 일상에서 잠시 심호흡을 하고 쉬어갈
수 있는 여백이 된다.

빈티지Vintage. 이것은 쇼핑의 새로운 영역이다.
본디 철이 지난 상품이란 가치가 떨어지기 마련이거늘 시간이
지날수록 보관 상태나 희소가치에 따라 가치가 빛을 발하는
물건이 있으니 바로 '빈티지'다. 빈티지란 포도의 수확 철을
일컫는 단어였지만 지금은 과거의 사회, 문화, 생활양식 전반을

간직하고 있는 독자적인 스타일을 의미한다. 할머니가 물려주신 자개장, 엄마가 처녀 시절에 하던 카메오 목걸이, 아빠가 청년 시절에 입었던 낡은 정장도 모두 그런 의미에서 빈티지가 되는 것이다.

몇 년 전에 일본 출장 중에 편집숍에서 구입해 온 브룩스브라더스의 커다란 1970년대 트렌치코트는 오리지널 남성 제품에 체크무늬 안감을 새로 넣고 단추를 교체한 리워크 제품이었다. 키가 크고 어깨가 넓은 편인 나에게 그 시대의 남성복이 제법 잘 어울려서 SNS에 사진을 올릴 때마다 '어디에서 구매한 코트냐'는 질문을 받곤 하는데 늘 뭐라고 답변해야 할지 잠시 고민하곤 한다.

누군가와 인연을 다한 물건이 우연히 내 손에 주어지는 것이 바로 빈티지의 매력이다. 똑같은 물건을 다시 찾을 가능성은 거의 없다. 평행우주처럼 세상 어딘가에 내 취향과 체형이 비슷한 사람이 있어 어떤 우연과 계기로 그 옷을 만나게 되는 것이다. 그러니 나에게 잘 어울리고 몸에도 꼭 맞는 빈티지 패션을 발견하는 일이란 얼마나 희박한 일인지 짐작할 수 있을 것이다.

이제는 국내에도 홍대, 성수동 등지에 빈티지숍이 꽤 생겼다.

대부분 작은 규모지만 가게마다 콘셉트가 명확하고 주력 품목이
달라 찾아다니는 재미가 꽤 쏠쏠하다. 얼마 전 유튜브를 촬영하기
위해 들렀던 합정동 '라레트로' 빈티지숍은 흔치 않게 3층 전체가
거대한 시대극 파노라마가 펼쳐진 듯한 쇼룸을 갖추고 있었다.
매장 곳곳에는 패션부터 리빙 소품, 가구까지 어디에서 어떤
사연을 품고 멀고 먼 여행을 했을지 호기심을 자아내는 오래된
물건들이 펼쳐져 있었다. 패션 디자이너이기도 한 주인의 독특한
취향과 손길이 곳곳에 묻어났다. 20여 년 전 출장차 우연히
들렀던 도쿄의 한 빈티지숍에서 빈티지의 매력에 빠진 뒤로,
숍까지 운영하게 되었다는 그녀는 오래된 영화 속에서 튀어나온

듯한 차림새로 나를 맞이했다.

그녀는 빈티지도 트렌드를 예민하게 따라간다고 말했다. 올드 셀린이나 올드 구찌 같은 경우는 일명 역주행 현상을 보이며 전 세계적으로 선풍적인 인기를 끌고 있어 물건을 수급하기도 어렵고, 가격 또한 프리미엄이 붙어 신제품 정가 이상의 가격으로 팔리는 중이라고 한다. 심지어 최근 뉴트로가 트렌드로 급부상하며 디자이너 브랜드에서 빈티지에서 영감을 받은 컬렉션을 선보이는 경우도 많다. 일부러 페인트가 튄 듯 워싱한 데님이나 기름때가 묻은 이탈리아 브랜드의 운동화를 보고 누군가는 '돈으로 가난을 사는 형국'이라고 폄하하기도 한다. 그러나 브랜드의 신상품과 빈티지의 컬래버레이션은 점점 노골적으로 등장하고 있다. 얼마 전 구찌에서는 마치 벼룩시장에서 산 듯한 커다란 안경, 오래된 모자, 주름치마를 입은 모델이 또 다른 시대에 유행했을 법한 고풍스럽고 화려한 액세서리를 매치해 미디어에서 주목받기도 했다.

어쩌면 빈티지란 단지 과거의 전유물이 아니라 현재와 과거, 또 다른 과거를 이어가게 하는 새로운 스타일의 지향점일지도 모르겠다.

누군가 내게 빈티지 패션을 잘 고르는 방법을 귀띔해달라고 묻는다면 일단 무조건 입어보고 사라고 조언하고 싶다. 모든 옷에는 그에 맞는 애티튜드가 필요하다. 한 번도 빈티지 의류를 입어보지 않은 사람은 빈티지를 입었을 때 당연히 남의 옷을 입은 듯 어색해 보일 수밖에 없다.

많이 입어보고 그에 맞는 애티튜드를 갖추는 단계를 거쳐야 자연스럽게 빈티지를 소화할 수 있게 된다. 시대와 국가에 따라 사람들의 체형과 선호하는 옷의 라인이 다르므로 무조건 피팅룸이 갖춰진 매장에서 직접 입어봐야 한다. 예를 들자면 1920~30년대 코르셋으로 조인 '개미 허리'가 유행이었던 시대의 유럽 수입 원피스는 사이즈가 무척 작다. 이 때문에 유럽 빈티지를 좋아하는 사람들 사이에서는 빈티지는 사이즈가 작으니 무조건 '다이어트가 기본'이라는 말이 나오기도 한다. 나의 경우에는 미국에서 건너온 퍼프 소매에 잘록한 허리를 강조한 도로시 느낌의 드레스가 체형에 잘 맞는다. 이런 경우엔 미국 빈티지가 많은 매장을 알아보고 찾아가면 성공률이 높아진다.

다음으로는 단골 빈티지숍을 만들어두는 것이다. 빈티지숍의 제품은 오너의 취향과 싱크로율이 높을 수밖에 없다. 내가 추구하는 멋을 잘 이해하고 나와 비슷한 취향을 가진 주인과 함께라면 빈티지 쇼핑은 갑절로 편해진다. 단골이 되면 매장 주인은 새 상품을 입고시킬 때 내 단골과 어울릴 만한 물건을 자연스럽게 찾게 되고, 다른 이에게 뺏기기 전에 먼저 연락을 주기도 한다. 빈티지 제품에 대한 정보와 물량이 한정적인 만큼 성공적인 쇼핑을 위해 전문가인 퍼스널 쇼퍼를 두는 것은 더없이 중요하다.

마지막으로는 빈티지에 자연스럽게 녹아들기 위해서는 쉽게 도전할 수 있는 순서가 따로 있다고 말해주고 싶다. 이전에 빈티지 패션을 시도하지 않았던 사람들이 독특한 패턴이나 소재의 옷을 한 번에 마구잡이로 매치하게 되면 단박에 엄마 옷 입고 나온 촌티 패션으로 전락할 수 있다. 컨템포러리 브랜드의 모던한 재킷에 빈티지한 블라우스 정도를 더해보고 거울 속의 내 모습을 단계적으로 확인하자. 평소 익숙하게 잘 입던 데님팬츠에 매치해 안전하게 시도해보면서 천천히 아이템을 늘려가다 보면 트렌드와 빈티지의 적절한 조화를 만들어낼 수 있다. 고풍스러운 귀걸이나 반지 같은 소품부터 시작해서 가방, 스카프 등을 거쳐 블라우스 재킷 등으로 넘어가는 순서라면 큰 무리가 없다. 니트는 상태를 오래 유지하기가 어려운 품목이니 예의주시하여 골라야 하고 하의는 가장 마지막에 도전해볼 품목이다.

빈티지 물건을 소유한다는 것은 단순한 쇼핑을 넘어 한 시대의 독특한 스타일을 통해 삶, 생활 방식, 철학을 공유하는 것이다. 내가 경험하지 못한 시대의 문화와 정서를 내 것으로 향유함으로써 오늘날 퇴색된 가치를 재창조하는 '아티스트'가 되어볼 수도 있다. 이제 빈티지의 매력에 빠질 준비가 되었는가? 그렇다면 이번 주말엔 가까운 빈티지숍을 찾아보자. 30년 전 과거에 살았던 나의 도플갱어를 찾는 진귀한 경험을 하게 될지도 모른다.

마스크를 쓰고 찾은 욕망

코로나 시대의
쇼핑

불필요한 모임이 사라지고 사람들의 눈과 평가에서 벗어나자 비로소

안전하게 내 욕망에 집중하게 된 것이다. 남의 시선을 의식하지 않고

자신의 욕망에 충실해진 쇼핑의 시대가 열렸다는 생각이 들었다.

모두의 예상을 보란 듯이 비껴갔다.
예측 가능하다고 생각하는 순간, 허를 찔린다. 역시 속단은
금물이다. 코로나 19는 우리가 매우 당연하게 여기던 일상생활의
전반을 앗아갔다. 하지만 모든 일엔 명암이 있듯 쇼핑 업계도
마찬가지였다. 2020년 봄, 코로나 시대가 열리고 모두가 집에
머물면서 백화점이나 쇼핑몰 매출은 직격탄을 맞았지만, 홈쇼핑
방송을 보는 시청 시간이 늘어서인지 홈쇼핑의 매출은 고공행진
했다. 건강기능식품의 매출이 두세 배씩 올라갔고 내가 판매하는
패션 상품들도 빠른 속도로 솔드아웃되었다.

예상치 못했던 봄 시즌의 호황이 끝나자마자 홈쇼핑 물건을
기획하는 엠디들은 FW, 즉 가을 겨울 신상품을 준비하며
집에서나 집 근처를 다닐 때 입을 원마일웨어 등의 캐주얼

의류 기획에 집중했다. 많은 트렌드 리포트는 앞으로 사람들이 단체 활동이나 모임을 자제하고 가족과의 시간을 주로 보내는 라이프스타일을 갖게 될 것이라고 입을 모았다. 판매 적중률을 올리기 위해 청바지, 스웻 셔츠, 티셔츠, 점퍼 등 차려입을 필요 없는 편안한 일상복 기획에 열을 올렸고 너도나도 경쟁적으로 발주량을 늘렸다. 이에 반해 전문적인 여성 정장 브랜드들이 울상인 건 당연한 현상이었다. 줄줄이 취소되는 경조사와 재택근무로 사람들은 더 이상 정장을 사 입지 않을 것이 뻔했고, 그저 집에서 입을 편한 옷만 쇼핑할 것이라는 예상이 지배적이었다. 엠디들은 여성 정장 계열의 상품에 대해서는 자연스럽게 발주를 최소화했다. 일찍이 겪어본 적 없는 상황에서 저마다 다양한 변수를 내놓으며 어떤 물건에 관심이 모일지 주목하고 있었다.

그런데 정작 찬 바람이 불고 새로운 계절이 다가오자 모두가 예상치 못했던 일이 벌어졌다. 일단 티셔츠나 청바지같이 편안한 옷보다는 특별한 날 차려입을 법한 원피스나 블라우스의 판매가 오히려 더 호조였다. 더 자세히 면면을 들여다보면 캐주얼 의류군에서도 블랙이나 베이지 등의 무난한 컬러보다는 수량을 적게 준비한 유색 컬러들에 대한 소비자 반응이 유난히 빨랐다.

그중에서도 가장 흥미로웠던 것은 브랜드의 정체성을 알리기 위해 소량씩 출시된 동화 속에서 튀어나온 듯한 보라색 원피스나 100m 전방에서도 눈에 뜨일 체리핑크 코트, 강렬한 호피 블라우스 같은 옷들이 날개 돋친 듯 팔리기 시작한 것이다. 매일 집에 갇혀 별 차이 없는 일상을 반복하며 코로나 블루를 호소하던 사람들은 한 번을 입어도 우울한 기분을 단번에 전환할 수 있는 옷에 끌리는 듯했다. 반면 평범한 검은 정장이나 티셔츠 패키지 등은 영 인기가 없었다. 매일 입어도 될 만한 무난하고 평범한 옷은 더 이상 매력적이지 않다는 듯, 해마다 대박이 나던 기본 스타일의 패키지 제품의 매출이 지지부진했다. 새로 사도 산 거 같지 않은 아이템에는 흥미가 없어진 것이다.

아차 싶었다. 마스크로 얼굴을 가린 후에야 사람들은 드디어 본색을 드러냈다. 불필요한 모임이 사라지고 사람들의 눈과 평가에서 벗어나자 비로소 안전하게 내 욕망에 집중하게 된 것이다. 남의 시선을 의식하지 않고 자신의 욕망에 충실해진 쇼핑의 시대가 열렸다는 생각이 들었다. 마스크로 얼굴은 반쯤 가렸겠다, 다른 사람들의 평가에 노출될 일도 없어진 틈을 타서 시도해보고 싶었던 일을 실천에 옮겨볼 기회를 얻은 것이다.

내가 갖고 싶은 것을 살 수 있게 된 계기가 역설적으로 마스크로 자신을 가리게 된 것이라고 생각하니 서글퍼진다. 그동안 '내가 골랐다'라고 믿어온 물건이 사실은 내 직업적 기준에 맞추거나 사회적 요구를 따랐던 건 아닌지 생각해보았다. 나 역시 동료나 주변 사람의 눈치를 보며 적당히 타협한 적이 있음을 인정하기로 했다. 그리고 내가 진짜 갖고 싶었던 것은 무엇인지 내 마음속의 욕망을 찾아내 보기로 했다. 2020년 여름에 주문한 빨간 스포츠카는 남들의 시선에 더는 내 취향을 양보하지 않겠다는 선전포고 같은 것이었을지도 모른다.

처음 '코로나 19'라는 생소한 단어를 접하고 마스크로 얼굴을 가리기 시작했을 때 많은 이가 그 번거로움에 어쩔 줄 몰라 했다. 굳이 마스크 안에서까지 화장해야 하냐며 사십 평생 벼르고 별렀던 '탈 메이크업'을 비로소 실천하는 친구들도 하나둘 보이기 시작했다. 이번 상황을 계기로 얼굴에 대한 강박에서 벗어나 아름다움을 향한 욕구도 서서히 줄어들 것이라 생각했지만, 이번에도 사람들의 욕망은 다른 곳으로 향했다. 얼굴의 절반을 마스크로 가리는 대신 크고 초롱초롱한 눈이 돋보이도록 하는 아이 메이크업에 열을 올리기 시작했다.

코로나가 극성이던 2020년 여름쯤 내 유튜브 채널에서 평소 쓰는 뷰티 제품을 소개하다가 어느 미국 브랜드의 속눈썹 영양제를 10년째 쓰고 있다고 소개한 적이 있다. 얼마 후 그 속눈썹 영양제가 다 떨어져서 여기저기 판매처를 검색해 해외에서 보내주는 판매자를 찾았는데 재고가 있냐는 내 질문에 판매자는 이렇게 대답했다.

'어느 유튜버가 이 제품을 소개하는 바람에 주문이 폭주해서 물건 구하기가 쉽지 않습니다.'

그제야 나는 사람들의 관심이 어디로 향하고 있는지 깨달았다. 그러고 보니 얼마 전 도통 메이크업을 할 줄 모르던 친구 하나도 눈썹 문신과 속눈썹 연장을 한꺼번에 하고 나타났다. 모두가 꾸미기를 유보한 이때 무슨 바람이 불어 시술을 감행했냐 물으니, '마스크 때문에 피부 트러블이 생겼는데 보이는 데라도 잘 꾸미고 싶어서'라고 설명했다.

메이크업 아티스트인 또 다른 지인은 입술이 도톰해 보이는 필러를 맞았다며 마스크를 살짝 들어 자랑한다. 오랜 시간 벼르던 숙원사업이었지만 입술에 주사 맞은 멍 자국이 크게 생긴대서 병원에 갈 용기가 안 났는데, 마스크를 쓴 지금이야말로 멍도 가리고 얇은 입술 콤플렉스를 고칠 수 있는 절호의 기회라고 생각했다는 것이다. 그저 숨쉬기 힘들고 피부 트러블이나 유발하는 장애물인 줄로만 알았던 마스크가 자신감을 찾기 위한 시도의 원천이 된 걸 보면 이놈의 마스크를 마냥 미워할 수만은 없다는 묘한 감정이 들기도 한다.

자신을 가꾸고자 하는 사람의 욕망은 풍선효과처럼 한쪽을 누르면 다른 한쪽이 예상치 못했던 방향으로 튀어 오르고, 대중이 원하는 서비스를 제공해야 하는 사람들은 변화하는 욕망을 놓칠세라 그 그림자를 바짝 쫓고 있는 모양새다. 물론 새로운 소소한 재미와 욕구를 찾아 나서며 위로받기엔 언제 끝날지도 모르고, 끝나도 완전히 끝난 게 아닌 이 외롭고 긴 싸움에 지칠 때가 있다. 그럴 때마다 나는 이렇게 생각하기로 했다.

'지쳐봤자 나만 손해다.'

우리가 보내고 있는 이 어두운 '마스크 시대'는 어차피 또 하나의 추억이 될 것이다. 이 상황이 힘들다고만 생각하면 결국 지치고 우울해진 나만 손해일 테고, 이 순간 내가 누릴 수 있는 작은 즐거움들을 찾아 나서는 것이 내 인생을 위한 최선이다.

사람들이 지나다니는 거리에서 마스크를 쓴 채 셀카를 찍어둔다. 평생 입어본 적이 없던 스타일의 옷을 입고 눈에 잔뜩

힘을 준, 코와 입에는 마스크를 쓴 내 사진을 바라보며 '아, 이 시절엔 우리 모두가 그랬지' 할 날이 설마 안 오겠는가.

나의
뮤즈들

Part
1

과연 누군가가 나를 떠올릴 때 나를 상징하는 물건이 존재하는가.

나는 나다움을 제대로 알고 있는가. 한 가지만 기억하자. 자신을 끝없이

살피고 이해하고 사랑하는 것으로부터 스타일은 시작된다.

'참으로 멋진 스타일을 가졌다!'

패션 관계자들과 일하다 보면 그런 생각이 절로 드는 이를 간혹 만나게 된다.

자기다움을 잘 알고 자신만의 방식으로 스타일을 자유롭게 만들어가는 사람들의 패션은 언제나 나를 흥분시킨다. 그래서인지 나는 '옷을 잘 입는다'라는 평가보다는 '자기 스타일을 가졌다'라는 표현을 훨씬 더 좋아한다. 하지만 자신에게 맞는 스타일을 정확히 파악하고 자기가 끌리는 대로 입는 것에 확고한 자신감을 가진 사람은 극히 일부다. 보통의 우리는 다른 이들이 보기에 내 모습이 괜찮은지, 내가 혹시 트렌드에 뒤처진 선택을 하고 있지는 않은지 항상 불안하고, 그래서 겪지 않아도 될 많은 시행착오를 경험한다. 가까스로 나에게 어울리는 스타일을 찾아낸다 해도 "너도 이런 스타일을 한번 입어보지 그래", "너에겐 이런 것도 잘 어울릴 것 같은데……" 하는 주변인의 말 한마디에 우리는 쉽게 흔들리곤 한다.

그렇다면 일찍이 자신에게 어울리는 패션에 통달했던 검증된 스타일 선배들에게 힌트를 얻어보는 것도 좋은 방법이다. 도대체 무엇을 입어야 할지, 무엇을 사야 할지 떠오르지 않을 때 나에게도 언제나 영감을 주는 뮤즈들이 있다.

제인 버킨 Jane Birkin, 1946~

'프렌치 시크' 하면 가장 먼저 떠오르는 그녀, 제인 버킨. 그녀는 젊은 날 아름다운 외모와 속삭이는 듯한 아름다운 목소리로 프랑스인들의 사랑을 한 몸에 받았다. 지금은

에르메스를 대표하는 가방 때문에 그녀의 이름은 한층 더 유명해졌다. 그녀의 이름을 딴 가방이 전 세계에서 가장 구하기 어려운 백이 되는 바람에 누군가는 그녀를 곧장 에르메스와 같은 상류층 문화의 대명사로 치환하기도 하지만,

그녀는 내게 버킨백 이상의 동경을 불러일으키는 위대한 뮤즈다.

이유는 무수히 많지만, 한 가지만 꼽자면 결코 공존하지 못할 것 같은 스타일을 그녀만의 방식으로 자유롭게 풀어냈기 때문이다. 사랑스러우면서, 자유로워 보이면서, 동시에 우아하기란 쉽지 않다. 그러나 제인 버킨은 늘 그 어려운 걸 가뿐히 해냈다.

민무늬의 새하얀 티셔츠에 빈티지한 벨보텀 청바지를 동동 걷어 올린, 무신경해 보이는 보이시한 디테일도 자신만의 느낌으로 바꿔 표현했다. 미니 원피스와 긴 블랙 부츠의 매치는 넓은 어깨와 큰 키에도 불구하고 제인 버킨만의 사랑스러운 매력을 드러내, 지금까지도 내가 가장 좋아하는 그녀의 스타일 중에 하나다. 뱅 헤어, 화장기 없는 피부, 큰 눈망울과 살짝 벌어진 앞니를 가진 개성 있는

얼굴은 자유분방해 보이지만 동시에 시크했다. 계절을 불문하고
그녀의 룩에 분신처럼 등장했던 라탄백은 현재까지도 주기적으로
유행에 소환된다.

과감하고 파격적인 룩은 한 시대를 잠시 점령할 수 있지만,
모델이 달라지고 시대가 바뀜에 따라 금세 시들해진다. 그러나
제인 버킨은 누구나 따라 할 수 있는 쉽고 친근한 패션에 자신을
상징하는 몇 가지 물건을 영리하게 배치해 불멸의 '제인 버킨
룩'을 만들어냈다. 이것이 바로 내가 추구하고, 닮고 싶은 '패션의
자기화'다. '나'라는 사람을 떠올렸을 때 바로 연상되는 패션은
나라는 사람의 본질과 내가 선택한 물건들이 함께 만들어낸다.
나는 그것을 '스타일'이라고 부른다.

현재의 제인 버킨은 주름, 흰머리와 같은 세월의 흔적마저도
오브제로 활용한 스타일링을 보여준다. 헝클어진 듯한 머리,
헐렁한 바지와 스니커즈로 아티스트로서의 자유분방함을
표현하면서도, 자신과 함께 나이 들어 '꾸깃해진' 버킨을 드는
위트도 잃지 않는다. 그녀의 현재 스타일링은 나이 든 사람이
가진 내면의 여유가 돋보이는, 그래서 더 진정한 프렌치 시크를
보여준다.

다른 수식어가 필요 없다. '제인 버킨' 스타일은 그 자체로

하나의 고유명사가 되었다.

피비 파일로 Phoebe Philo, 1973~

'아줌마.'

내가 어렸을 적 미디어에서 재현하는 '아줌마'의 이미지는
뽀글 머리를 한 채 늘 양푼에
밥과 나물을 한꺼번에 털어
넣고 비벼 게걸스레 먹는
모습이었다. '희생'이라는 허울
좋은 말로 포장되어 자신을
돌보지 않는 사람이었고,
버스에서 자리를 사수하기
위해 가방을 던지는 무식한
인물로 표현되기 일쑤였으며,
자신의 몸매를 가꾸고
화려하게 치장한 아줌마는
악역으로나 존재했다.

내게 그 호칭이 붙는 날이
영영 오지 않았으면 하고

바랐던 철 없던 시절도 있었다. '아줌마 임세영'이란 말은 절대
없을 거라고, 언제나 화려하고 아름다운 싱글로 살아가겠노라
다짐했건만 나는 기어코 나이를 먹고 결혼을 해 그토록
두려워하던 '아줌마'가 되었다.

　피비 파일로. 이 시대의 가장 사랑받는 패션 디자이너.
　클래식함, 우아함, 모던함, 세련미, 지성미. 어떤 수식어를
붙여도 아깝지 않을 완성도 있는 디자인으로 10년간이나 셀린
최고의 전성기를 맞게 한 장본인이다. 그러나 그녀에게 탄탄했던
커리어의 발목을 잡은 단 하나의 이력이 있었다. 바로 그녀 역시
'아줌마'였던 것.
　스물일곱 살, 꽤 이른 나이에 끌로에Chloé의 수석 디자이너로
발탁된 피비 파일로는 번뜩이는 예술성과 추진력을 뽐내며 6년간
무섭게 매출을 올려 능력을 인정받았다. 그러나 일만큼이나
가정과 아이들 또한 중시했던 그녀는 둘째 아이의 육아를 위해
2년이라는 긴 시간 동안 업계를 떠나기로 결정한다. 분초를
다투며 유행이 급변하고 눈 깜짝할 사이 새 루키가 등장하는 패션
업계의 특성상, 한 번 떠나면 다시 돌아올 수 없을지도 모르는
위험한 결정이었다. 그러나 그녀는 가정을 위해 업계를 잠시

떠나있기로 결단했고 실천에 옮겼다. 2년 후, 언제 걱정이라도 했냐는 듯 누구보다 화려하게 패션의 세계로 복귀했다.

셀린의 수장으로 새로 시작한 그녀의 도약은 휴식기가 무색할 만큼 대성공을 거두었고 폭발적인 반향을 일으켰다. '셀린의 동의어는 피비 파일로'라는 말이 과언이 아닐 정도로 패션 피플들은 '셀리너'를 자청했으며 그녀는 패션계의 찬사를 한 몸에 받았다. 나 역시 피비의 옷을 입고 싶다는 열망으로 셀린의 옷을 구입했는데, 피비처럼 와이드한 팬츠에 화이트 스니커즈를 매칭해 입으며 비로소 멋진 커리어우먼이 된 듯한 만족감에 빠지기도 했다.

가장 성공한 워킹맘의 모습을 보여준 피비의 가치관은 그녀가 탄생시킨 옷들에서 고스란히 묻어났다. 피비의 패션은 일터와 가정 모두에서 편안하면서도 멋스러움을 놓치지 않는 세련됨으로 여성들에게 다가갔다. '셀린'을 입는다는 것은 결국 피비의 철학을 구매한다는 것과 일맥상통했다.

아내로서, 세 아이의 엄마로서 각각의 무거운 책임감 사이에서 정확히 균형을 잡을 뿐만 아니라 자기 자신의 개성을 잃지 않으면서 사랑하고 가꾸기를 게을리 하지 않는 사람이기에 피비 파일로는 진정한 '수퍼우먼'으로 통한다. 일과 가정의 균형

사이에서 고민하는 스타일리시한 여자들을 만날 때마다 나는
피비 파일로를 떠올린다.

　이 시대의 수퍼우먼 '아줌마'는 더 이상 목이 늘어진 티셔츠나
김칫국물이 튄 원피스를 입고 있지 않는다.

재클린 케네디 오나시스 Jacqueline Kennedy Onassis, 1929~1994

　미국 제35대 대통령 존 F. 케네디의 퍼스트레이디였던 재클린
케네디 오나시스.

　제2차 세계대전이 끝난 지 얼마 되지 않은 1960년대, 미국은
문화적으로 더없이 풍요로운 시대였다. 그 시절 그녀는 그야말로
셀럽이고 '완판녀'였다.

퍼스트레이디였던 재클린
케네디는 당시 메릴린 먼로로
대표되는 미국의 관능적인
여성미와는 거리가 있었다.
마른 몸에, 전형적인 미인과는
다른 얼굴형을 가졌다. 하지만
자신에게 잘 어울리는 프랑스
패션과 미국적인 글래머러스함을

가미한 자신만의 스타일링으로 일명 '재키 룩'을 완성했다.

특히 나를 매료시킨 것은 비공식적인 자리에서의 캐주얼한
패션 센스였다. 흰 바지에 검은 티셔츠를 입고 오버사이즈
선글라스를 낀 채 카프리 해변을 산책하는 사진 속 그녀의 패션은
내가 가장 자주 오마주하는 재키 룩이기도 하다.

언어, 문학, 역사, 미술사 등 다방면에 걸친 해박한 지식으로
사교계에서 언제나 화제를 몰고 다녔던 재클린 케네디였지만,
그녀는 사실 어릴 적부터 외모 콤플렉스에 시달렸다고 한다.
사각의 얼굴형을 커버하기 위해 동원한 빅사이즈 스퀘어
선글라스와 크고 못난 손을 가리기 위해 자주 사용한 장갑은 훗날
역설적이게도 재키 룩을 더욱 돋보이게 하는 시그니처 아이템이
되었다. 말하자면 재클린은 자기만의 방식으로 자신을 사랑할
줄 아는 사람이었다. 자신 없는 부분을 스타일링으로 극복하는
센스는 자신에 대한 진정한 이해와 사랑 없이는 불가능하다.

과거 우리네 정서였다면 대통령, 억만장자라는 엄청난 스펙의
남편들과 차례로 사별한 그녀를 '박복한 여자'로 불렀을지도
모르겠으나 재클린은 두 번째 남편이 죽은 후 자신을 위한 삶을
살기로 한다. 기자, 작가가 되고 싶던 어린 시절의 꿈을 좇아

정·재계, 문화계를 아우르는 넓은 인맥을 영리하게 이용하여
출판사 편집자가 되었다. 커리어우먼 버전의 재키 룩은 또 다른
매력으로 여성들의 관심을 불러일으켰다. 트렌치코트와 청바지,
실용적이고 차분한 니트를 매치한 패션은 활동적이면서도
그녀만의 우아함을 잃지 않은 스타일링이었다.

영부인 시절이나 젯셋족 시절의 스타일링은 물론 숱한 화제를
뿌렸지만, 내가 가장 사랑하는
모습은 간결한 실루엣의
팬츠를 입은, 홀가분한 얼굴의
재클린이다. 그녀 자신이
'누구의 부인'이라는 타이틀을
자랑스러워하기보다, 가장
'나다운 것'을 좇으며 새로운
것에 끊임없이 문을 두드리고
도전하는 여성이었기 때문이
아닐까.

우리는 누군가를 떠올릴
때 자연스럽게 '그 사람의

물건'을 마주한다. 특히 그들의 라이프스타일과 절묘하게 매체된
아이템은 그들을 대표하는 상징적인 의미를 갖는다. 제인
버킨의 청바지와 라탄백, 피비 파일로의 와이드팬츠와 스니커즈,
재클린의 커다란 선글라스가 그렇다.

　　과연 누군가가 나를 떠올릴 때 나를 상징하는 물건이
존재하는가. 나는 나다움을 제대로 알고 있는가. 한 가지만
기억하자. 자신을 끝없이 살피고 이해하고 사랑하는 것으로부터
스타일은 시작된다.

　　나의 뮤즈들도 분명히 그랬다.

아무리 미니멀리즘이 대세라지만

맥시멀리스트를
위하여

비움이 있다면 다른 부분을 조금 더 채우면서 내 안의 부족함을 보완할

수 있으니 삶의 양팔 저울에 이리저리 무게를 덜고 얹으며 균형을

맞춰가는 것도 재미있을 것이다.

내 집에 와본 사람들이 입을 모아 하는
말이 있다.

"와, 정말이지 집에…… 뭐가…… 없네요?"

"여기에 실제로 살고 계시는 거 맞죠?"

"아니, 그 많은 물건을 다 어디에 두나요?"

물건을 다루는 사람의 집이니 진귀한 물건이 진열되어
있다거나 휘황찬란한 인테리어로 집을 꾸몄을 것이라 기대했나
보다. 그런 기대감을 감추며 집에 발을 들인 순간, 실망이라 해야
할지 난감하고 당황한 기색을 보이기도 한다. 우리 집은 '심플'
그 자체다. 혹자는 나를 두고 미니멀리스트라고 부르기도 한다.
오랫동안 물건을 다루는 직업으로 살다 보니 오히려 물건에
얽매이지 않는 반전의 성격을 가지게 된 탓이다. 심지어 물건에
얽매이지 말자는 삶의 철칙을 지키기 위해 의무감으로 비울 때도

있다. 긴장의 연속인 생방송 스튜디오를 벗어나면 집은 정확히
'쉼의 공간'으로 이용해야 하므로 실내는 늘 정돈되어 있고
널찍해야 마음이 개운하다. 필요 없는 가구나 장식품은 극도로
줄였으니 집만 보면 무소유의 경지라고 봐도 무방할 정도다.

　하지만 모든 인간은 정반대의 면모를 가지고 있지 않은가.
무엇이든 화려하게, 눈앞에 꽉 차게 채워 놓아야만 안심이 되는
것이 있으니 바로 옷장이다. 유행의 흐름을 직접 체감하기 위해
공부하는 마음으로 옷장의 절반 정도는 자주 정리해 비우고
다시 새 옷으로 채워 넣는다. 촬영이나 방송에 대비해야 하니
구두는 종류별, 색상별로 갖추고 있어야 마음이 놓인다. 외출할

때도 슈즈, 가방, 액세서리, 향수까지 딱딱 들어맞게 풀세팅하고
나가야 직성이 풀리는 스타일이니 내 안엔 미니멀리스트와
맥시멀리스트가 공존하는 셈이다. 흔히 미니멀리스트와
맥시멀리스트는 절대 섞일 수 없는 정반대 세계의 사람이라고들
생각한다. 육식파와 채식파처럼, 물과 기름처럼 말이다.
하지만 사람이란 늘 한결같을 수 없지 않은가. 아직도 내가
미니멀리스트인지 맥시멀리스트인지 잘 모르겠지만 '선택적
맥시멀리스트'라는 말을 만든다면 그게 바로 내가 아닐까 싶다.

　　아니, 좀 더 진실에 다가가자면 나는 미니멀하게 살기 위해
부단히 노력하고 있는 맥시멀리스트다. 이걸 인정하고 나니
한결 마음이 편해진다.
미니멀라이프를 내세운
광고, 책, 다큐멘터리들이
미디어를 도배하는 바람에
언젠가부터 '사실 저는
맥시멀리스트예요'라고
말하기가 망설여지는 세상.
대체 언제부터 우리는
은근히 미니멀라이프를

강요받고 있는 것일까.

'미니멀리즘'은 1960년대 시각예술 분야에서 최소한의 도구를 이용해 본질만 남기자는 의도에서 출발한 사조이다. 미니멀리즘에 관한 책을 써 스타가 된 곤도 마리에, 사사키 후미오와 같은 일본 작가들 덕에, 이웃 나라인 한국에서도 비우기 열풍이 불기 시작했다. 아마 우리 사회보다 먼저 노령화되고 경기가 침체된 일본에서의 미니멀리즘이란, 제대로 된 직장을 구하기 어려웠던 젊은 층이 딱 필요한 것들만 갖추고 단출하게 살아가는 추세를 반영한 흐름일 것이다. 우리나라도 비슷한 상황에 처해 있으니 이런 흐름이 옮겨오는 것도 당연한 일이라는 생각이 든다. 그렇게 시작된 미니멀리즘의 유행은 시간이 지나자 단순히 공간과 짐을 줄이는 것만을 의미하지 않고 삶을 대하는 전반적인 자세로까지 확장되었다. 필요치 않은 물건도, 사람도 들이지 않고 하고 싶은 일을 하고 만나고 싶은 사람만 만나며 사는 단순한 삶. 이 흐름은 코로나 19가 지배한 시대를 지나오면서 유의미하게 바뀌었다.

직장인은 재택근무를 해야 하고 아이는 학교나 어린이집에 가지 못하니 가족이 온종일 집 안에서 복닥대야 하는 날들이

늘어났다. 대부분의 물건을 택배로 받아 사용하게 되었고 그게
습관이 되니 오히려 카드 사용량은 사상 최대치로 늘어났다고
한다. 그러다 보니 집 안에 잔짐이 쌓이기 시작하고 이러한
짐들이 슬슬 거추장스러워지기 시작한 것은 당연한 일이다.

집 안에 머무는 시간이 기약 없이 길어지니 눈에 거슬리는
것들이 많아지고, 좀 더 쾌적한 공간에 머물고 싶다는 욕구가
저절로 생겨난다. 양질의 삶을 위해서는 기본적으로 쾌적한
공간 확보가 중요하고, 쾌적한 공간의 확보란 무릇 '비움'이
우선되어야 한다. 코로나 19가 가져온 변화 중 하나는 사람들이
가장 중요한 자산으로 자신의 '공간'을 인식하게 되었다는
것이다. 그렇게 시작된 새로운 미니멀라이프의 바람은 '아무것도
없는 텅 빈 집'이 아니라 최선을 다해 공간을 비운 후 나에게
꼭 필요한 것으로만 정성껏 채우는 '정돈되고 아늑한 공간'을
지향하는 것이 되었다. 코로나 시대를 맞아 나 역시 계절이
바뀌고 찬 바람이 불어올 즈음, 8년 넘게 쓰고 있던 네모반듯한
그레이 소파를 둥그스름한 가장자리를 가진 아이보리색 소파로
교체하고 방마다 설치했던 블라인드를 떼어내 부드러운 리넨
커튼으로 바꿔 달았다.

예쁜 인테리어 소품들을 사고 싶어도 미니멀한 거실을

유지하기 위해 일부러 눌러 참아왔던 나였건만 오래 머무는 공간에 온기를 담고 싶은 마음에 고심 끝에 몇 개의 화분을 구입하기도 했다. 홀가분하지만 아늑한 공간을 만들고 싶은 나 같은 사람들의 변화 덕에 동네 화원과 커튼 가게는 유례없는 호황을 누리고 있다고 한다. 코로나 19는 이렇게 맥시멀리즘은 물론, 그저 비움만을 강조하던 황량한 미니멀리즘의 종말도 함께 가져온 것이다.

그렇게 시작된 새로운
미니멀라이프의 바람은
'아무것도 없는 텅 빈 집'이 아니라
최선을 다해 공간을 비운 후
나에게 꼭 필요한 것으로만
정성껏 채우는
'정돈되고 아늑한 공간'을
지향하는 것이 되었다.

다이어트로 늘 괴로운 나는 식욕이 없는 사람이 더없이
부럽다. 먹고자 하는 욕구가 애초에 적은 사람이었으면 참
좋았으련만 식욕은 폭발하는데 이를 억지로 참거나 운동이라는
대가를 치르려니 괴로울 수밖에 없다. 이와 비슷하게 미니멀하게
살고자 끝없이 노력하는 맥시멀리스트인 나는 소유에 대한
욕구가 별로 없는 사람을 보면 역시 부럽다는 생각이 먼저
든다. 같은 옷도 세탁소에 가거나 낡을 것을 염려해 두 벌씩
사는 것은 기본, 구두나 가방은 맘에 들면 색깔별로 구매하는
일도 다반사이며 잡화, 액세서리 등 패션 전반에 걸쳐 관심이
많다. 이렇게 전체적으로 소유욕이 크다 보니 분명히 여기저기
찾아보면 꽤 많은 물건을 갖고 있을 것이다. 다 버렸다고
생각했는데 한 달쯤 지난 후 다시 뒤져보면 버려도 좋을 물건이
끝없이 나온다. 문제는 기간을 설정해 입지 않은 옷을 정리한다는
기준을 분명 세워두고도 옷장에서 옷을 꺼내 비울 때는 정작
마지막 순간에 미련이 남아 몇 벌쯤은 도로 옷장 안에 몰래 밀어
넣는다는 거다. 물론 도로 밀어 넣은 그 기준 미달의 옷들을 다시
꺼내 입는 기적은 없었지만 말이다. 홀가분하고 미니멀하게
살고자 한다면 부질없는 미련을 버리는 연습도 필요하다는 걸
다시 깨닫게 되는 순간들이다. 이렇게 내 미련을 어르고 달래며

물건들을 정리하다 보면 한 번씩 이런 생각이 불쑥 고개를 내민다.

'아니, 내가 갖고 있어야 행복하다는데 굳이 미니멀하게
살아야 할 필요는 또 뭐람!'

사람은 누구나 자신의 취향이 담긴 삶의 방식을 만들며
살아간다. '엄마가 좋아, 아빠가 좋아?'처럼 미니멀과 맥시멀 중
딱 하나만을 골라 신봉할 필요는 없다. 그러나 자신만의 철칙을
가지고 생활을 꾸린다는 건 복잡한 일상의 스트레스를 덜 수 있는
최적의 방법이 될 수 있다. 나처럼 미니멀과 맥시멀의 냉탕과
온탕을 오가도 좋다. 비움이 있다면 다른 부분을 조금 더 채우면서
내 안의 부족함을 보완할 수 있으니 삶의 양팔 저울에 이리저리
무게를 덜고 얹으며 균형을 맞춰가는 것도 재미있을 것이다.

얼마 전 쌓아놓고 입지 않은 바지와 스커트를 주변에 나누고
나니 횡해진 바지걸이가 눈에 밟힌다. 아무래도 오늘 밤은 온라인
쇼핑몰을 돌아다니며 채움의 기쁨을 만끽할 차례인 듯하다.
이러나저러나 우리에게는 모두 자신의 행복을 위한 선택을 할
권리가 있다.

수 천 번 흔 들 리 고 나 서 야 비 로 소

실패의
교훈

인생도 쇼핑도 마찬가지 아닐까. '실패는 성공의 어머니'라는 뻔한 말은

살아보니 거짓이 아니었다. 수없이 실패하면서 실패하지 않는 방법을

배워가는 일은 실패가 아니라 배움의 성공이다.

또다시 내 자제력이 시험대에 올랐다. 이번에도 '견물생심'이 문제다. 바쁜 내 일정만큼이나 다양한 브랜드 담당자와 상품군별 엠디, 스타일리스트에 에디터까지 만나니 물건에 대한 정보가 오죽이나 많겠는가. 시장 조사차 백화점에 가고 촬영차 로드숍을 누비고, 내가 판매할 신상품의 샘플을 가장 먼저 받다 보면, 없던 물욕도 치솟는 것이 사람인 법이라고 스스로 합리화한 지도 오래됐다. 새로운 브랜드, 새로운 유행, 세일 정보 등을 누구보다 먼저 접하는 직업을 가졌으니 쇼핑의 굴레를 벗어날 수 없고 쇼핑에 성공하는 기회만큼 실패의 위기도 자주 찾아올 수밖에.

쇼핑에 대해서만큼은 그래도 할 만큼 해봤다며 프로페셔널이라 자부하는 나지만, 똑소리 나게 손해 안 보는 쇼핑만 할 것 같은 나도 수없이 실패해왔다. 쇼핑을 좋아하지 않으면서 좋은 쇼호스트가

되는 방법은 없다는 내 입버릇처럼, 수없이 많은 실패와
시행착오가 나를 더 좋은 쇼호스트가 될 수 있게 만들었다고
믿는다. 독자들이 쇼핑을 덜 실패하는 데 도움이 되도록, 오랜
시간 직접 낸 카드 값으로 톡톡히 와신상담을 치른 나의 쇼핑 실패
사례 몇 가지를 공유해본다.

　일단 가장 실패하기 쉬운 쇼핑은 낯선 곳에서의 쇼핑이다. 몇
년 전에 전통적으로 유명하다는 파리의 모자 가게에 들렀다가,
가게 안을 가득 채운 수백 년의 고풍스러운 분위기와 아름다운
프랑스 여자들의 매혹적인 흑백사진들에 홀려 구입한 망사 달린
베레모가 바로 그 일례다. 데일리 룩은커녕 핼러윈 파티에나 쓰고
가야 할 듯한 이 모자는 벽장 위에서 먼지만 뒤집어쓰고 자리를
차지한 채 몇 년을 홀대당했다. 매일 이 모자를 들었다 놓았다를
반복하던 나는 몇 번의 고민 끝에 망사를 제거하는 수선을 했다가
깊은 바늘 자국만 남겨 결국 못 쓰는 모자로 만들어버렸다.
모양새를 건드리지 않았다면 친한 스타일리스트 언니에게라도
줬을 텐데, 이도 저도 아닌 물건이 된 모자는 전통도 잃고
미래지향적이지도 않은 장식품으로 전락해버렸다.
　런던 출장을 갔다가 산 안야 힌드마치의 무지개 밍크

머플러는 친구들과의 모임을 즐겁고 화기애애하게 만드는
용도로 제격이다. 놀림을 사기 딱 좋기 때문이다. 일곱 가지
무지개 컬러의 밍크가 연결된 이 머플러는 길이가 짧아서 애당초
목에 두를 수가 없다. 용도가 충족되지 않는 물건이니 그저 예쁜
쓰레기에 불과하다. 그 당시 내가 방문했던 런던의 매장에선 마침
세일을 하고 있었고, 나는 내가 런던을 방문한 적절한 타이밍에
맞춰 세일을 한단 사실에 흥분해 덥석 결제해버렸다. 도대체
이런 걸 왜 샀느냐는 질문을 하는 이에게 "응, 예뻐 보여서"라고
대답해봤자 고개만 갸웃댈 뿐이다. 낯선 여행지의 흥과 분위기에
취해 다시 올 수 없을 것 같은 기분에 쫓겨 구입하지만, 들뜸이
사라진 후 일상으로 돌아온 순간 여행 가방에서 나온 물건을 보고
나조차도 물음표를 품을 때가 많다. '대체 내가 왜 이걸 샀지?'
하는, 소위 말해 '현타'를 맞는 상황. 그야말로 '홀려서 샀다'는
말이 딱 맞다.

불편을 감수하고도 등 떠밀려 저질러버리는 상황은 나를
한층 좌절케 한다. 얼마 전 한 편집숍에 친구와 옷 구경을 하러
갔다가 '손님 말고는 잘 어울리는 사람이 없다'라며 감탄하는
점원들의 박수에 취해 친구가 사려고 보던 프랑스 브랜드의
맥시코트를 충동적으로 구매했다. 이 옷은 내 평생 입어본 옷 중

가장 무거운 코트 랭킹 1위다. 옷 무게가 3kg은 족히 넘고 길이는 무려 145cm이니 키가 작은 친구에게는 땅에 끌리는 수준이었다. 몇 번을 집에서 입어보다가 혹시 에스컬레이터의 톱니 같은 데 끼어 사고라도 날까 싶어 나중에 5만 원을 들여 길이 8cm를 줄였지만, 무게는 기대만큼 줄어들지 않았다. 운전할 때 어깨가 잘 움직여지지 않으니 매번 벗어두어야 하고, 의자에 앉으면 바로 주변 바닥을 깨끗이 청소하는 특징을 가진 덕에, 한 번 입고는 '어깨 컨디션이 좋은 날 다시 입어야지' 하고 걸어두었다. 물론 그런 날은 아직 오지 않았다. 옷가게 점원이 내뱉는 '딱 네 것'이라는 세 글자를 의심하고 또 의심해야 한다는 쇼핑의 기본 중 기본 철칙은 충동 앞에 무참히 무너져내렸다. 아직도 옷장에 걸려 있는 이 코트를 볼 때마다 '매장에서도 불편했던 옷은 일상에선 몇 배로 불편하다'는 간단한 진리를 깨닫고 있으니, 교훈을 톡톡히 얻었다.

'설마 그런 일이 있을까' 싶지만, 공감할 수밖에 없는 사례도 있다. 그건 바로 실패를 뻔히 예상하면서 하는 쇼핑이다. 안 쓸 것을 직감하지만 그냥 쇼핑 그 자체가 견딜 수 없이 하고 싶을 때가 우리 모두에겐 있으니 말이다. 백화점에서 늦게 오는 친구를 기다리며 이것저것 무심코 머리에 얹어본, 평소엔 잘 하지도 않는 헤어밴드라든가, 내 피부 톤과 맞지도 않는 형광 핑크색 립스틱을 '그냥 봄이라 싱숭생숭해서' 구입했던 경험은 누구에게나 있다. 잘 쓰지 않을 물건임을 뻔히 알면서도 기어코 결제해 받아들고 나오는 과정 그 자체가 즐거움이 되는 경우도 있기 때문에 이런 쇼핑을 실패라고 말해야 하는 것인지는 모르겠다. 간혹 물건을 좋아하는 것인지 그저 무언가를 사는 행위를 좋아하는 것인지 나 자신도 헷갈릴 때가 있으니까.

실패를 인정하지 않으려 자주 쓰는 나의 방법은, 나보다 잘 어울릴 만한 사람을 찾아 선물하는 것이다. 물론 이 또한 리스크는 있다. 나 역시 누군가가 쓰던 물건을 나에게 줬을 때 '본인도 싫은 물건을 왜 달라고 하지도 않은 나에게 주며 생색을 내나' 느낀 적이 있기 때문이다. 내가 가진 물건을 남에게 줄 때는, 본인에게 버리는 것으로 느끼지 않도록 내가 정확히 취향을 파악한 이에게 꼭 의견을 물은 후 대가 없이 줘야 한다. 지인 중에 임자를 찾을 수 없다면 중고장터 앱을 이용해 무료로 나누는 것도 비슷한 맥락이다. 어차피 나에게 필요도 없는 물건이었으니, 받은 이가 만족해하는 모습을 보면 쇼핑할 때 한번 즐겁고 나누면서 또 한 번 즐거운 일이 된다고 믿기 때문이다. 이렇게 실패하고 나누는 일을 반복하던 나는 결국 실패율을 낮추기 위해 한번 성공한 물건을 여러 개 사는 방법을 택했다. 다른 이들은 '롱 스카프가 있으니 이번엔 사각 스카프를 사야지' 하는데 나는 '사각 스카프를 잘 쓰니까 나는 사각만 사야지' 하는 식이다. 잘 드는 가방은 같은 사이즈로 다른 색을 더 사고 잘 입은 코트는 내년에 또 출시되었는지 알아본다. 신발은 같은 물건으로 여러 번 구매한다. 오죽하면 신상품 언박싱이 많은 유튜브 쪽에서 내 별명 중 하나가 '시리즈 헌터'일까. 한번 마음을 준 물건엔 지고지순하게도 의리를 지킨다. 이게 다 수없이 실패하고 생긴 나만의 쇼핑 패턴이다. 나는 점점 내 취향과 라이프스타일을 파악해 무엇을 사야 잘 쓸지 너무나 정확히 알게 되었다.

얼마 전 수년 만에 만난 대학 선배가 나에게 이런 말을 했다. 자신은 대학 시절 부모님 말씀에 따라 수업도 잘 듣고 자격증도 따면서 성실하게 살았는데, 천방지축인 임세영이라는 아이는 늘 새로운 아르바이트를 하며 혼자 세상 바쁘더라는 것이다. 갑자기 목적 없이 휴학하고 놀러 다니는 듯하더니, 4학년 때는 아무도 관심 없던 홈쇼핑 피디로 상의도 없이 덜컥 취업하더란다. 선배는 그런 나를 보며 적잖이 놀랐다고 했다. 어느 날 다시 소식을 듣자 하니 피디로 들어간 회사를 그만두고 다시 쇼호스트가 되었다고 해서 20대였던 자신은 또 한 번 충격을 받았다고 했다. 나는 그녀에게 그런 내 호기심과 객기 때문에 누구보다 파란만장하고 힘든 20대를 보냈고 사실 무척 고단했다고 말했다. '좀 더 나의 시행착오를 줄여줄 멘토가 있었다면 참 좋았겠다'라는 생각을 나중에야 참 많이 했었다고. 하지만 선배는 내 말을 단호하게 받아쳤다. 20대에 누구보다 먼저 많은 시행착오를 단시간에 겪어낸 덕에 실패를 줄이는 법을 알게 되었고 그 덕분에 인생의 안정감을 일찍 갖게 된 것을 소중히 생각하라고 말이다. 인생에서 실패를 경험하지 않는다면 그것이야말로 '대실패' 아니겠냐는 거다.

문득, 결혼은 하고 싶었지만 어느덧 한참 늦어버렸다고 생각했던 시절, 비슷한 신세의 친구들과 모여 한탄하던 때가 떠올랐다. 꼭 한두 명은 남자친구와 헤어지고 우울하다고 토로하곤 했는데 이럴 때 우리가 선배들에게서 듣는 조언은 늘 같았다.

'놀아본 놈이 가정에 충실하다. 일단 놀아라.'
'많이 연애 해본 여자가 결혼도 잘한다더라. 걱정하지 마라.'

돌이켜보니 다 맞는 이야기다. 이 주옥같은 조언이 의미하는 것은, 되풀이되는 연애의 실패로부터 다양한 교훈을 얻어야만 나와 다른 인생을 살아온 누군가와 맞춰가는 법을 배울 수 있고 그것이 결국 성공적인 결혼생활에 이르는 비법이라는 것이다. 인생도 쇼핑도 마찬가지 아닐까. '실패는 성공의 어머니'라는 뻔한 말은 살아보니 거짓이 아니었다. 수없이 실패하면서 실패하지 않는 방법을 배워가는 일은 실패가 아니라 배움의 성공이다.

글보다는 말이 훨씬 빠른 내가 이렇게 식탁에 앉아 밤늦도록 책을 쓰고 있는 지금, 이 도전도 물론 실패로 끝날 수 있는 일이다. 그러면 또 '난 역시 글이 아니고 말이었구나' 하고 원래 하던 일에 더 열심히 매진하면 그뿐이다. 밑천이 드러날까 봐 해보고 싶은 일에 도전조차 하지 않는 것보다는 백 번 잘하는 일이라고 믿어보겠다.

어떻게 취향이 변하니

취향의
문제

내가 누구인지를 깨닫는 과정에서 나의 취향을 똑바로 들여다보는

작업이 필요하다. 그렇기에 이왕이면 쇼핑의 기준도 세울 겸, 나 자신을

제대로 들여다볼 요량으로 한 번쯤은 내가 좋아하는 것들에 대해

정리해보는 것도 나쁘지 않을 것 같다.

옷장 구석에서 유물 같은 옷이 하나 튀어나왔다. 15년은 족히 나이를 먹었을 낡은 막스마라의 아이보리색 코트였다. 손길이 가지 않는 옷가지에 잔정 따위 주지 않고 즉결처분하기로 유명한 내가 좀처럼 결단을 내리지 못하고 아직도 가지고 있다는 건 분명 이유가 있을 테지만, 이상하게도 이 옷만큼은 딱히 버릴 이유를 찾지 못하고 들었다 놓기를 반복하며 옷장에 고이 모셔놓기를 10년째다. 카라에는 어두운 갈색 폭스퍼를 달고, 슬림하게 빠진 라인을 보아 하니 한창 짝을 찾아보겠다고 소개팅에 매진하던 서른 살 즈음이 사진 속 장면처럼 생생하게 떠오른다. 거침없고 할 말은 기필코 하고야 마는 성격인 데다 목소리까지 큰 내가, '그래도 소개팅인데' 하는 생각에 나름 참해 보이는 디자인으로 큰맘 먹고 구입했다. 요즘 입는 코트들에 비하면 어딘지 촌스럽고 원단도 딱히 장점이 없어

보이는 이 코트를 입고 적어도 열 번 넘는 소개팅 자리에 나가 조신한 척 앉아 있었던 그 부질없는 시간을 떠올리자니 자꾸 웃음이 나온다. 10여 년 만에 세탁소 비닐을 벗겨 봉인해제를 하고 바깥 공기를 한번 쐬어준 후 도로 비닐을 씌워 옷장 구석으로 밀어 넣는데 아이보리색 코트가 울먹이며 한마디 하는 듯하다.

'어떻게…… 취향이 변하니…….'

항변하자면 사실 내 취향은 그때에 비해 그리 크게 달라진 것은 없다. 다만 내가 스스로 돈을 벌기 시작할 즈음부터 시도한 다양한 모험과 실패 끝에 내 스타일에 맞게 취향이 어느 정도 '다듬어졌을' 뿐이다. 관심이 가던 새 아이템을 과감히 시도해보기도 하고 남들 평가에 쉬이 노출되며 반성과 수정을 거듭하다 보니, 취향이란 게 나름 내 장점을 부각하는 쪽으로 향한 것이다. 내가 좋아하는 것, 추구하는 것의 틀은 그대로 남아 있는 채로 말이다.

미안하지만 그 아이보리색 코트는 아무래도 나에게 어울리지 않았고 소개팅에 나가서도 왠지 모를 어색함 때문에 상대를 편하게 해주지 못했다. 그러니 애당초 내 취향의 물건은 아니었다. 아폴로 신전 입구에 새겨져 있다는 '너 자신을 알라'는 말은 종종 사람들에게 본분과 주제를 알아야 한다는 충고로 쓰이지만, 나는 이 말이 자신이 진짜 원하는 것이 무엇인지를 스스로 알아야 한다는 말이라고 믿는다. 내가 누구인지를 깨닫는 과정에서 나의 취향을 똑바로 들여다보는 작업이 필요하다. 예를 들어 평생을 가져갈 직업을 택하거나 인생의 동반자를 결정하는 선택의 순간에 나 자신의 취향을 몰라서 시행착오를 겪어본 경험이 있는 사람이라면 취향에 대해 '나 자신을 안다'는 것이 얼마나 중요한지 전적으로 동감할 것이다. 그렇기에 이왕이면 쇼핑의 기준도 세울 겸, 나 자신을 제대로 들여다볼 요량으로 한 번쯤은 내가 좋아하는 것들에 대해 정리해보는 것도 나쁘지 않을 것 같다.

일단 옷에 있어 내 취향은 '멋있다'는 분위기로 내 눈을 한번에 사로잡아야 한다. 좋은 소재를 선호하는 건 물론이고 심플한 라인보단 드라마틱한 실루엣을 즐겨 입는다. 입는 데 오래 걸리거나 여러 가지를 레이어드하는 스타일은 내 큼지막한 이목구비를 한층 무겁게 만드는 것 같아 피한다. 특히 어깨나 허리 위치, 소매 길이, 골반 높이 등 몸 어느 구석이든 피팅이

딱 안 되는 옷은 질색이다. 내 체형에 맞는 사이즈를 구입해도
몸의 한 부분이라도 잘 안 맞는 곳이 있으면 기필코 고쳐 입어야
직성이 풀려 백화점 수선실을 오랫동안 제집처럼 드나들었다.
굵직굵직한 취향의 틀은 그대로이건만, 나이가 조금씩
들어가면서 생긴 변화를 굳이 따져본다면 주얼리나 스카프 같은
액세서리를 좀 더 적극적으로 활용한다는 점과 신진 디자이너의
옷이나 트렌드에도 관심이 생긴 정도랄까. 패션 업계에 오래
종사하며 더해진 디테일이다.

　　화장할 때도 차라리 극과 극을 선호한다. 아예 맨얼굴이거나
풀메이크업 중에 하나를 택한다. 나의 사전에 '간단한 메이크업'이란
없다. 몇 가지 색조 화장품으로 눈두덩이에 음영을 주고
아이라인을 길게 빼서 그린 후 속눈썹을 한 올 한 올 올려 눈
화장을 완전히 마쳐야 그다음 단계로 넘어가 볼터치를 하거나
립스틱을 바른다. 이런 맥시멀리스트 성향 덕에 두세 가지만
간단히 색조를 한다거나 '퀵 메이크업'처럼 중간 단계를 건너뛰는
일은 내키지 않는다. 이런 취향은 밥을 먹을 때도 마찬가지다.
반찬을 골고루 이것저것 집어 먹지 않고 반찬 하나를 다 먹어야
다른 반찬으로 젓가락이 넘어간다. 생각해보면 한번에 차려놓은

한식을 마치 따로 나오는 서양식 코스처럼 먹는 꼴이다. 이유는
모른다. 지금까지 굳이 바꾸려 해본 적 없는 지극히 개인적인
습관에 가까운 취향일 뿐이다.

　　패션과 뷰티의 영역을 넘어서 내 일상의 취향을 좀 더
꼽아본다면 비록 에세이를 쓰고는 있으나 읽는 일에 관해선 딱히
이런 장르의 책을 선호하지는 않는다. 단지 시간에 쫓기고 바쁘다
보니 짬 내서 끊어 읽기 좋은 에세이집을 종종 읽기 시작했을 뿐
사실 내 취향은 장편소설 쪽이다. 만약 은퇴하고 더 이상 시간에
허덕이지 않게 된다면 오전에는 운동을 가고 점심엔 사람들을
만나고 오후엔 집에 틀어박혀 장편소설을 읽는 삶이 될 거라
믿는다. 운동은 어려서부터 재주가 없던 분야인지라 지금도
'자기 관리' 그 이상의 즐거움은 여전히 찾지 못했고, 빡빡하게
짜인 여행보다는 느릿하고 여백이 있는 여행을 즐기는 타입이다.
여행 일정이 빠듯하면 즐거움보다 스트레스가 커서 하루에 한
군데 정도만 정해두고 나머지 일정은 그날그날의 기분에 맡기고
느릿하게 움직인다. 역사적 명소보다 현지 사람들의 삶을 구경할
수 있는 장소를 더 좋아하기도 한다. 사람에 관해선 자기 일에
열정적인 사람을 좀 더 선호하고 남의 일에 지나치게 관심이

많은 사람을 별로 좋아하지 않는다. 이렇게 40여 년을 살아오며 견고하게 다듬어진 내 취향은 한결같이 이어지고 있다.

　호불호를 먼저 따지기 전에 모든 것을 몸으로 부딪치고 스펀지처럼 빨아들이던 어린 시절과 달리, 안타깝지만 나이를 먹어가며 갖게 된 취향의 변화는 분명히 존재한다. 나와 잘 맞지 않는 것이나 싫어하는 것에 대한 입장이 점점 명확하고 단호해진다는 것이다. 사회적 분위기에 맞춰 반려동물에 관심을 갖기 위해 노력해봤지만, 강아지나 고양이를 딱히 귀엽다고 느끼지 못하는 내 취향을 이제는 받아들이기로 했다. 또 남의 고민이나 속상함을 잘 들어주는 사려 깊은 사람이고 싶지만, 상대방이 매사에 불평불만이 많아 무슨 문제든 남 탓부터 하는 사람 앞에서는 나도 모르게 딴청을 부리게 되니 이 또한 노력으로 극복하기 어려운 나의 '사람 취향'이 아닐까 싶다.

　나와 가장 근거리에 있지만, 늘 나와는 전혀 다른 취향을 가진 친언니에게 얼마 전 선물로 장미 향의 보디미스트를 내놓으며 말했다.

　"언니를 위해 준비했어. 장미 향 좋아하잖아."

　그러자마자 단숨에 나를 김빠지게 만드는 언니의 톡 쏘는 한마디.

"야, 나 이제 장미 향 싫어해. 요즘은 머스크가 좋아."

아니 무슨 취향이 손바닥 뒤집듯 그리도 자주 변하는지,
분명 작년만 해도 언니는 보디로션에서 향이 나는 게 거슬린다고
했다가 어느 날 갑자기 장미 냄새가 나는 모든 것이 좋다며
호들갑을 떨었었다. 기억을 더듬어 올라가 보면 언니의 취향은
학창 시절부터 도장 깨기처럼 극과 극으로 엉뚱하게 옮겨 다녔다.
한 달 내내 치킨을 시켜 먹다가 또 몇 달은 온 집 안에 가루를
흘리며 뻥튀기만 먹어댔다. 엄마가 뻥튀기를 그만 먹으라고
혼내면 침대 밑에 숨겨놓고 한밤중에 모두가 잠들어 있는 시간에
먹어 치우는 언니가 나는 참 신기했다. 교회를 한 10년 열심히
다니다가 종교관이 맞지 않는다며 때려치우더니 카운슬링을
한동안 공부하며 심리 상담에 빠졌었고 요즘은 또 난데없이
운동에 빠져 트레이너 자격증을 따오는 집요함을 보이기도 했다.

일단 한번 빠지면 다른 건 눈에 들어오지도 않는다며
집중하다가 그 관심을 거두면 다시는 쳐다보지도 않는 언니만의
단호함은, 어느 쪽의 취향이든 기본 이상의 지구력을 가진
나에게는 언제나 생소한 것이다. 장미 향 미스트 한번 거절했다고
머쓱해진 맘에 변덕의 역사를 괜스레 들춰봤지만, 하기야 그놈의

'변덕스러운 열정'이라는 언니의 취향만큼은 일관된 거 아닌가. 그러고 보면 그런 언니를 평생 이해할 수 없다고 투덜대면서도 언니의 취미를 흥미롭게 관찰하는 나의 이 호기심 또한 떼려야 뗄 수 없는 습성이다. 장미 향의 미스트를 어서 가서 머스크 향으로 교환해야겠다. 언니의 취향이 또다시 바뀌기 전에.

Part 1
취향을 산다

Part 2

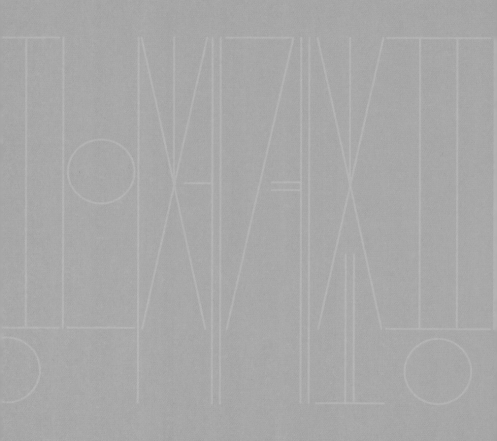

내가 사랑하는 물건

더 늦기 전에

로망의
실현

아침마다 주차장에서 얌전히 나를 기다리고 있는 내 차를 마주하며

느끼는 뿌듯함의 정체는 긴 시간 게으름 피우지 않고 열심히 일해

누구의 도움도 없이 오랫동안 소망하던 것을 이뤄낸 나 자신을 향한

대견함이다.

대학 시절부터 20년 넘게 만나온
친구는 늘 튀지 않는 그레이나 카키색 재킷에 검은색 바지
차림이었다. 신발 또한 하이힐보다는 낮고 편해 보이는 구두를
선호했다. 출근길의 듬성듬성한 보도블록을 수없이 지나야 하는
자신에게 섹시하고 아찔한 하이힐 따위는 사치일 뿐이라는,
지극히 실용적이고 합리적인 이유에서였다. 메이크업을 공들여
제대로 한 모습은 15년 전쯤 그녀의 결혼식에서 처음이자
마지막으로 본 듯하다. 그나마 몇 년 전까지는 콘택트렌즈를 종종
끼고 다녔던 것으로 기억하는데 최근에는 만날 때마다 화장기
없는 맨 얼굴에 두꺼운 안경을 끼고 있었다. 두꺼운 안경까지
쓰자 꾸미는 일에 크게 관심이 없어 보인다는 인상에 방점을 찍는
것처럼 보였다. 그러던 어느 날 저녁 대학 동기 모임에서 그녀가
갑자기 진주 비즈 목걸이를 사겠다며 나에게 어느 브랜드를

추천하느냐고 물어왔다.

"진주 비즈 목걸이? 네가 하고 다니게?"

생각지도 못한 품목에 당황한 내가 되묻자 의외의 대답이
돌아온다.

"응. 내가 원래 진주를 좋아해. 이번에 하나 장만하게."

친구의 로망은 생각보다 구체적이었다. 어려서부터 디올의
풍성한 샤스커트에 허리가 잘록한 재킷을 입고 손에는 조그만
사각 백에 리본이 달린 구두를 얌전히 신은 자신의 모습을
상상해왔으며, 액세서리는 각별히 진주목걸이를 동경한다고도
했다. 의외의 고백에 적잖이 놀라는 친구들을 향해 그녀가
덤덤하게 말한다.

"더 늦기 전에 나도 이제 로망을 좀 실현해보려고."

로망의 실현이라니. 지난 20년간 누구보다 합리적이고
이성적인 사람으로만 보였던 그녀의 놀라운 선언이다. 내게도
로망이란 걸 가졌던 시절이 있었는지 새삼 기억을 더듬어본다.
그런 걸 찾아내고 실현하며 살기에는 이미 너무 늦은 건 아닐까
하는 걱정도 자연스레 따라붙지만.

"제가 나이가 들다 보니……."

요즘 생긴 내 말버릇 중 하나다. 워낙 어린 시절부터 가져온 쇼핑의 역사가 변화무쌍하기도 하거니와 카메라 앞에서만 해도 내 손을 거쳐 간 물건이 셀 수 없이 많고, 누구보다 빠르게 트렌드를 읽어내야 하는 직업이기에 남들보다 세월의 변화를 예민하게 받아들이며 생긴 말버릇인 듯하다. 눈 깜짝하면 트렌드가 바뀌어 있는 변화무쌍한 패션의 세계에서, 유행의 흐름을 재빠르게 읽어내야 하는 쇼호스트로 20년이라는 시간 동안 살아남아 일하고 있다는 건 행운이다. 그간 취향도, 생활 방식도, 가치관도 변화해왔지만 시간이나 유행과는 상관없이 마음 깊이 오랜 시간 꿈꿔온 로망이란 누구에게나 하나씩 있는 법이다.

소녀 시절부터 포르쉐 엠블럼이 박힌 잘 빠진 스포츠카를 타는 것이 평생의 로망이던 나는 불과 몇 년 전에야 그 차를 살 수 있게 되었다. 내 능력에 비해 무리해서 산다면 그저 탐욕과 허세에 지나지 않는다는 나름의 기준을 두었기 때문에 충분히 연봉이 오르기를 기다리며 참다 보니 어느덧 내일모레 마흔 살이었다. 그토록 기다리던 드림카가 기다리는 포르쉐 매장에 차를 주문하러 갔던 날, 나는 수많은 원색의 유혹을 뿌리치고 조신한 그레이 색상에 레드 시트 모델을 고르는 의외의 선택을 하게 됐다. '나는 이제 곧 40대이니 다른 사람들 보기에 튀는 건 좀 그렇다'는 이유에서였다. 문제는 바로 그 모호한 선택이었다. 나는 그렇게 꿈에 그리던 내 일생 첫 포르쉐를 장만했건만, 나는 이 차를 타는 몇 년 내내 만족을 하지 못하고 그날의 소심함을 후회하고 있었다. 그러던 어느 날 피곤한 몸으로 퇴근길에 포르쉐 매장 앞을 지나가던 나는 느닷없이 매장에 들어가 충동적으로 빨간색 신형 911을 다시 주문해버렸다. 내 오랜 로망이 여전히 무의식에 남아 있어 사고 싶은 것은 기여코 사고야 마는 성격과 함께 불쑥 튀어나온 것이다.

그렇게 빨간 스포츠카의 주인이 되고 싶다는 나의 로망은 어느 정도 충족되는 것 같았다. 쨍쨍한 원색의 스포츠카가 멈추고 까맣게 필름이 입혀진 문이 열리면 매끈한 하이힐을 바닥에 내디디며 당당하게 내리는 나의 모습을 상상하곤 했는데, 상상 속에서 그리던 바로 그 모습으로 회사에 출근하는 여자가 되었으니 말이다. 아침마다 젖은 머리를 휘날리며 아름다운 옆 선을 자랑하는 포르쉐에 오르내릴 때마다 느끼는 '내 돈 내 산'의 기쁨은 매달 지불해야 하는 할부금보다 컸다. 그러나 영화 〈미션 임파서블 2〉의 추격신에서 무섭게 질주하던 포르쉐처럼 흘러간 세월의 벽은 냉혹했다. 애초의 계획보다 스포츠카 장만이 다소 늘어진 탓이었는지, 아름다운 곡선을 자랑하는 낮은 차체에서 높은 굽의 구두를 신고 내릴 때마다 나의 43년산 무릎 관절은 안팎으로 아우성을 쳤다. 뜻하지 않게 입에선 '아이고' 소리가 자동으로 밀려 올라오지만 어쩌겠는가? 나의 가슴이 결정한 일의 대가를 내 무릎이 치르고 있는 것을.

모험심 많은 사춘기 소녀의 드림카를 받아들이기에 지금의 난 너무 까다로운 성인이 되었다. 늘 생방송으로 진행되는 일을 하다 보니 일할 때 신경이 늘 곤두서 있기에 적어도 운전할 때만큼은 긴장하고 싶지 않아 우렁찬 배기음을 즐기며 고속을 즐겨본 적이 없다. 심지어 햇빛 알레르기가 있어 소프트탑을 열어젖히는 일도 거의 없건만, 굳이 왜 컨버터블을 고집했는지도 알 수가 없다. 사실 이놈의 차 뚜껑은 햇빛이 강하면 두피가 견딜 수 없이 뜨겁고 날이 조금만 추워도 금세 오들오들 떨게 돼서 도통 어느 계절에 열어줘야 하는지 답을 찾지 못했다. 그뿐인가. 연비가 낮아 자주 기름을 채워줘야 하는데도 주유소 가는 일을 귀찮아하며 자꾸 잊어버리는 탓에 길가에 차를 세우고 긴급출동을 기다리는 일이 다반사이니 그냥 요즘 잘 나오는 전기차를 타라는 남편의 핀잔을

들어도 할 말이 없다. '성공한 여자의 예쁜 차' 로망을 실현하는
데는 일단 성공했을지 모르지만, 사실 내 차의 성능은 절반도
즐기지 못하고 있는 셈이다.

　　이 책을 처음 준비할 때 내가 염두에 두었던 제목은 '쇼핑의
기술'이었다. 어떤 물건을 고르는 기준, 가격을 결정하는 요소,
쇼핑에서 주의해야 할 점 등의 필요한 정보를 담아 책을 쓰면
읽는 사람들에게 도움이 되지 않을까 하는 생각에 시작한
일이었기 때문이다. 하지만 책을 써 내려갈수록 나는 일종의
회의감에 부딪혔다. 그 숱한 쇼핑을 하면서 오래도록 기억에
남는 경험들을 떠올려보면 과연 남에게 설명이나 적용이 가능한
기술이 먹힌 적이 과연 몇 번이나 있었는지 의문이다. 단순한
필요성이나 합리적인 이성을 동원해 구매했던 물건들은 소진되고
버려졌지만, 오랫동안 탐내던 물건을 우여곡절 끝에 마침내 얻게
되었을 때의 희열과 만족은 끝까지 남았다.
　　아침마다 주차장에서 얌전히 나를 기다리고 있는 내 차를
마주하며 느끼는 뿌듯함의 정체는 긴 시간 게으름 피우지 않고
열심히 일해 누구의 도움도 없이 오랫동안 소망하던 것을 이뤄낸
나를 향한 대견함이다.

차에서 내릴 때마다 나도 모르게 신음 소리가 나는 정도의 대가는 치를 만하지 않은가. 그 대가를 지불하고 얻은 것은 무려 '로망의 실현'이다.

엄마의
롱스커트

때로는 사람보다 나은 위로를 주는 물건이 있다. 다른 이에게 후련하게

다 꺼내놓지 못하는 감정을 어루만지며 내가 필요할 때 내 곁에

항상 있는 그런 물건 말이다. 물건은 사람이 아니니 마음이 무심하게

변하지도 않고 내가 필요로 하지 않을 때는 귀찮게 말을 거는 법도 없다.

물건에는 다양한 힘이 있다. 남이 볼 때는 사소하고 값지지 않은 물건 같아 보일지라도, 어떤 이에게는 비를 피하는 우산이 되고 어떤 이에겐 화살을 피하는 방패가 된다. 쇼핑이라는 행위는 또 어떤가. 실용적인 가치 이상의 효용성을 가져다줄 때도 있다. 어떤 때는 단순한 스트레스 해소를 뛰어넘어 의사도 치료하지 못하는 깊은 상처에 절대로 떨어지지 않는 강력한 반창고가 되기도 한다.

내 기억 속의 엄마는 언제나 롱스커트 차림이었다. 어릴 적 엄마의 스커트를 입고 빙그르르 돌아보기도 하고 거울 앞에 서 포즈를 잡아보기도 했다. 발목까지 내려오는 풍성한 스커트는 엄마의 자존심이자 트레이드 마크였다. 엄마의 롱스커트 사랑의 시작은 내 어린 시절로 거슬러 올라간다.

젊은 시절의 엄마는 가정과 직장 안팎으로 에너지가 넘치는 사람이었다. 우리 삼 남매를 키우고 시어머니까지 모시면서도 초등학교 교사로 재직하며 늘 좋은 평가를 받는 능력 있는 워킹 맘이었다. 그런 생기 가득한 엄마에게 30대 중반의 젊은 나이에 위기가 찾아왔다. 예고 없이 앓게 된 척수염으로 인한 하반신 마비였다. 청천벽력 같은 불행에 온 가족은 실의에 잠겼으나 엄마는 굴복하지 않았다. 병원에 누워 있어야만 했던 1년 가까운 시간 동안 악착같이 재활에 매달리면서 외롭고 힘들었을 자신과의 싸움을 견뎌냈다. 기약을 알 수 없던 분투 끝에 엄마는 염원대로 마침내 교탁 앞에 다시 설 수 있었다. 움직이지 않던 다리를 피나는 노력 끝에 일으켜 세웠으니 가족들로서는 감개무량한 일이었지만, 여전히 다른 이들의 눈엔 불편해 보이는 다리였을 것이다. 하지만 엄마는 아프기 이전의 모습처럼 똑같이 출근하고 성실하게 아이들을 가르쳤다. 단 하나 달라진 것이 있다면, 근육이 빠져서 가늘어진 다리를 긴 치마로 가린 것뿐이었다.

학생을 가르치는 일은 엄마에게 숙명이자 곧 인생의 큰 즐거움이었다. 롱스커트와 함께 엄마는 누구보다 성실하게 교사 생활을 30년 가까이 이어갔다. 누구보다 먼저 학교에 새벽같이

출근했고 교실에서는 이전보다 더 활기 넘치게 아이들을
지도했다. 그렇게 버티던 교사 생활을 정년보다 10년 일찍
그만두면서, 엄마는 눈물을 한참이나 쏟았다.

　"어쩌면 다 내 욕심이었지……. 혹시나 학부모들이 다리
불편한 교사를 맘에 안 들어 할까 봐 나는 애꿎은 아이들을 더
닦달하고 엄격하게 가르쳐왔단다. 아무도 뭐라고 하지 않는데도
말이야."

　진한 아쉬움의 눈물 속엔 엄마가 오랜 시간 겪었을 조바심이
담겨 있었다.

　요즘 쇼핑을 하다 예쁜 롱스커트를 발견할 때면 늘 엄마에게
사진을 전송한다.

　"엄마, 이거 어때? 여기 치마 예쁜데 사다 줄까?"

　그러면 엄마는 항상 처음인 듯 늘 같은 대답을 한다.

　"85cm는 넘어야 한다. 알았지? 85cm다, 세영아."

　힘들게 되살려낸 엄마의 다리 근력은 나이가 들면서
자연스럽게 소실되었고 그에 따라 스커트의 길이는 점점
더 길어졌다. 85cm가 넘는 롱스커트가 당신 옷장의 전부가

되기까지……. 엄마의 아픔은 꽤 오랫동안 현재진행형이었을
것이다. 불편한 다리가 엄마에게 얼마나 큰 상처였을지 어린
나는 미처 헤아리지 못한다. 엄마의 필수품이던 롱스커트는 단지
약하고 못나진 다리를 가리기 위한 보호색만이 아니라 상처를
치료하는 반창고이자 교사로서의 자부심, 학생을 대하며 다잡은
마음 그 전부였을 것이다. 엄마의 새 반창고를 고르며 바라본다.
누구보다 치열했을 엄마가 누리는 노년은 더 우아하고 화려한
스커트와 함께 오래오래 아름다운 기억으로 채색되기를.

   이번엔 내 이야기다. 대학 시절, 신촌의 한 영화관에
친구들과 우르르 몰려가 영화를 본 일이 있었다. 지금은 제목도
기억나지 않는 로맨틱 코미디였다. 대략 발이 예쁜 여자에게
집착하는 남자의 이야기를 가볍게 그린 영화였던 것으로
기억하는데 영화를 보고 나오며 대학 동기 하나가 슬리퍼를
신은 내 발을 빤히 쳐다보더니 한마디 했다. "그러고 보니, 넌
발이 왜 그렇게 생겼어?" 그러자 다른 친구들도 다 함께 내 발을
내려다보며 한마디씩 거들었다. "어머머 진짜네?", "발가락이
엄청 들쑥날쑥하네?", "이야, 신기할 정도로 발이 못생겼네."
친구들의 말을 듣고 발을 내려다보니, 그제야 제멋대로 생긴

발이 눈에 들어왔다. 내 발이 누가 봐도 못생겼다는 사실을 그날 처음 알았다. 원체 큰 왕발에 굵은 힘줄이 툭툭 튀어나온 발등, 발가락은 길고 짧고 제멋대로 자기주장을 하고, 개구리처럼 벌어져 아무리 힘을 줘도 예쁘게 오므라들지 않는 참으로 희한한 모양새였다. 한번 신경을 쓰기 시작하니 이후 한동안 발가락이 드러나는 신발은 도저히 신을 수 없었다. 맨발로 들어가 앉아야 하는 식당에 들어가야 할 때는 한참을 망설이다 종종걸음으로 들어갈 정도로 한동안 과도하게 의식했다. 처음엔 '굳이 나의 가장 못난 부분을 남에게 들킬 필요는 없다'는 생각에 가리기 시작했는데, 그럴수록 내 발은 가려야 할 콤플렉스가 되었다.

어느 무더운 여름이었다. 도저히 앞이 막힌 구두를 신을 수 없는 습한 날씨에 샌들을 꺼내 신고 나갈까 말까 망설이며 거울을 한참 이리저리 보고 있는데, 때마침 나를 지켜보던 엄마가 옆에서 한마디 했다.

"우리 예쁜 딸 발가락을 저렇게 낳아주다니 엄마가 미안해서 어째. 그래도 그렇게 당당하게 발가락을 다 드러내고 다니니 엄마는 참 네가 멋있다."

얘기를 듣는 순간, 마음 한쪽이 뜨끔했다. 그간 내 발가락이
얼마나 못생겼는지 염려하고 신경 써온 내가 엄마 눈엔 당당하고
멋있다니…… 못생긴 임세영의 발가락을 신경 쓰는 건 그저 나
하나뿐 엄마 눈엔 못생긴 발가락을 가진 딸이 아니라 누구보다
당당한, 다소 못난 발 따위에는 아랑곳없는 딸로 보인다는 걸
깨닫는 데까지 오랜 시간이 걸렸다. 엄마의 얘기를 듣고 나자
발가락을 움츠리고 다닌 게 창피해졌다.

　부질없는 열등감을 집어치우고 열 발가락을 시원하게
드러낸 샌들에 발을 넣자 발가락 사이사이로 시원한 공기가
스치면서 날아갈 듯한 해방감이 밀려오기 시작했다. 들쑥날쑥한
발가락들을 한번 드러내니 부끄러울 것이 없었고 다양한 샌들로
여름 옷차림을 더욱더 빛낼 수 있게 됐으니 그 또한 잊고 있던
즐거움을 되찾은 듯했다.

　이왕 이런 발을 달고 태어났으니 내 발을 몸 어떤 부위보다
더 사랑해주기로 결심했다. 남들보다 두 배 더 모자란 것은 내가
두 배 더 사랑해주면 되는 간단한 이치를 엄마의 한마디로 깨닫게
된 것이다. 쇼호스트 생활을 하면서 화면에 항상 클로즈업되는
손에는 보디로션 바르는 것조차 게을리하지만, 못난 발에는
밤마다 샤워를 하고 고가의 핸드크림을 발라 대고 뿌리염색을

하러 미용실 갈 시간은 없어도 네일숍에서 발 각질 제거만큼은 빼먹지 않는다. 온갖 화려한 아트와 스톤으로 치장하여 발에게 온갖 호사와 아낌없는 사치를 누리게 해주니, 꼭꼭 숨느라 고생했던 발도 제법 예뻐 보이기 시작했다.

콤플렉스를 극복하기 위해 장만하기 시작한 아름다운 샌들과 스틸레토 힐은 못난이 발의 보이지 않는 반창고가 되어 자신감을 한껏 올려주었고 아찔한 굽과 미끈한 곡선을 자랑하는 하이힐은 곧 내 신발장에 들어차기 시작했다. 아무도 모를 나만의 발 관리 집착과 구두 사랑은 20년째 진행 중이다. 못생긴 발 덕분에 20년간 하이힐을 신은 채 몇 시간씩 방송을 하며 여기까지 왔으니 마땅히 보답해야 한다고 우기면서 말이다.

Part 2
내가 사랑하는 물건

그러고 보면 신기한 일 아닌가? 평생을 걸고 지키고 싶던 부끄러운 약점을 고작 롱스커트나 구두 따위가 극복하게 하고 사람들 앞에 한 발짝 더 나아갈 수 있도록 도와준다는 게 말이다.

때로는 사람보다 더 큰 위로를 주는 물건이 있다. 다른 이에게 다 꺼내놓지 못하는 감정을 어루만지며 항상 내 곁에 있는 그런 물건 말이다.

밤늦도록 진이 다 빠지게 방송을 하고 돌아오는 새벽, 카톡 하나 보낼 사람이 없는 시간에 혼자 길가에 차를 대고 편의점에 들러 맥주 한 캔을 사서 돌아오곤 한다. 소파에 등을 기대고 쪼그려 앉아 맥주 캔을 따면서 생각한다. 조용히 혼자 홀짝이는 이 시원한 맥주처럼 오늘 내가 판매한 물건 하나가 그저 오늘 팔린 수만 개의 상품 중 하나가 아니라 누군가에게는 미처 돌아보지 못했던 마음속 깊은 곳의 상처와 피곤을 보듬는 위로가 된다면 어쩌면 그것은 내가 일하면서 만나는 최고의 기적일지도 모른다고 말이다.

내 곁에 있어 줘

나에게
길들여진 것들

Part
2

분명 처음에는 내가 선택한 물건들이었지만, 그 물건과 보내온 시간만큼

이제는 거기에 길든 채 살아가는 것이다. 누군가에게는 거들떠보지도

않을 물건이지만, 나에게만은 다른 무엇으로 대체될 수 없다. 오로지

나에게 맞춰진 듯한 특별한 이 물건들은 내 삶에 천천히 스며들어

어느새 자리 잡았다.

쇼호스트 생활을 하다 보면 인터뷰를 할 때마다 받는 단골 질문이 있다. 개인적으로 맘에 안 드는 물건을 사람들에게 소개해야 할 때, 혹시 마음의 부대낌이 없느냐는 질문이다. 그럴 때마다 나는 '이 세상 모든 물건은 제 주인이 있다'고 대답한다. 누군가에게 하찮은 물건이 누군가에게는 한없이 소중한 물건이 된다는 사실을 네 살 터울의 언니 때문에 일찌감치 깨달은 덕분이다.

자매란 보통 서로의 물건을 탐내고 싸우기 마련이라지만 우리는 희한하게 그런 일이 거의 없었다. 체형도 얼굴도 취향도 전혀 다른 언니와 나는 자라는 동안 서로가 산 옷을 보고 '줘도 안 입는다'고 핀잔을 주고받기 일쑤일 정도였으니까.

"언닌 그 귀걸이가 맘에 들어?"

"넌 그 모자가 진짜 좋아서 산 거야?"

이런 말을 몇 번 주고받다 보면 슬그머니 화가 치밀어서 사이가 나빠지고 마니, 이제는 서로의 물건에 대한 코멘트는 하지 않는다. 이것으로 자매간의 우애를 지켜내는 암묵적인 합의가 이루어진 상태라고 할까? 우리는 지금도 결코 쇼핑을 같이 하지 않는다. 대신 서로에게 딱 맞는 물건을 찾아내는 눈도 함께 가지게 되었으니 자신에게 어울리지 않는 물건을 미련 없이 나눌 수 있게 됐다는 것은 장점이라 할 수 있다.

처음 물건에 관한 책을 써보자는 제안을 받았을 때 내 머릿속엔 뭔가 그럴듯해 보이고 거창한 물건들이 먼저 떠올랐다. 한정판 가방, 해외 디자이너의 쇼피스 옷, 유명 브랜드의 가구 같은 것들 말이다. 아무래도 물건 다루는 일을 하다 보니 가진 것이 많을 거라는 고정관념도 있을 것이고, 쇼호스트의 안목으로 본 특별하고 귀한 것들을 소개해주길 기대하는 독자들도 있을 것이란 예상에서였다. 그런데 독자들에게 어떤 물건을 소개해드릴까 생각해보니 예상치 않게도 별 볼일 없지만, 나에게 결코 없어서는 안 될 '진짜 내 물건'들이 슬금슬금 눈에 들어오기 시작한다. 남들이 보기엔 '저게 뭐라고……' 할 만한 것일 테지만, 어쩌다 내 눈에 안 보이면 안절부절 못하게 되는, 내 눈과 손이

기억하는 운명 같은 애착 물건. 누구에게나 있는 그런 것들을
소개해보려 한다.

알함브라 궁전 앞에서 산 작은 거울

내게 절대로 없어서는 안 되는 첫 번째 물건은 수년째 파우치
안에 항상 넣고 다니는 작은 거울이다. 유럽에 다녀올 때마다
기념품 가게에서 구입한 것이다. 밀라노에서 산 것은 두오모
성당이 그려져 있고 파리에서 산 것은 에펠탑이 그려져 있다.
한 업체에서 여러 도시의 버전을 만들어 면세점에 납품했을
법한 흔한 제품이다. 그중에서도 그라나다에 갔을 때 알함브라
궁전 앞에서 산 플라멩코 댄서의 뒷모습이 그려진 거울을 가장
좋아한다. 이 거울은 한쪽엔 일반 거울, 반대쪽은 확대 거울이
작은 경첩으로 이어져 있어 반으로 접으면 샌드 과자 하나만 한

크기로 변한다. 크기가 작으니 옷 주머니나
크로스백에도 쏙 들어가고 방송할 때
옷을 여러 번 갈아입는 생방송의 짬마다
화장이 번지지는 않았는지, 눈에 먼지가
들어갔는지 그때그때 체크하기에 여간
요긴한 물건이 아닐 수 없다. 한번은

방송을 마친 후 그렇게 아끼던 거울을 어딘가에 흘렸음을
깨달았다. 내가 다녔던 곳들을 되짚어가며 헤집어 찾아봐도 도통
행방을 찾지 못해 몇 날 며칠을 이 사람 저 사람에게 한탄하고
다녔다. 이를 딱하게 여긴 엠디들이 수소문해서 모 업체의 샘플
코트 주머니 안에 들어있던 걸 극적으로 찾아다 건네주었다.
"혹시 이건가요?" 엠디 손 위에 툭 얹어져 있던 그 손때 묻은
물건이 어찌나 반갑던지 그의 손을 덥석 잡고 고맙다고 몇 번이나
인사를 건넸을 정도다.

민트색 가죽 동전지갑

　카드 결제가 일상화된 요즘 무슨 동전지갑이냐 싶겠지만,
이 물건에도 사연이 있다. 4년 전 남편이 꽤 오랫동안 하던 일을
그만두고 생각을 정리한다며 홀로 산티아고 순례길로 훌쩍 떠난
적이 있었다. 검게 그을린 채 살이 쏙
빠진 남편의 사진을 보고 내심 걱정되어
마드리드까지 날아갔다. 그 여행에서
어느 가죽 제품 전문점에 들러 사 온
물건이 바로 이 동전지갑이다. 이 지갑은
생방송 필수 준비물인 방송 수신기 연결용

이어피스 줄을 넣어 놓는 데 안성맞춤이다. 이어피스 줄이란 부조에 있는 피디로부터 콜 상황을 공유받고 의사소통을 위해 수신기에 부착해 사용하는 연결 줄이다. 이어피스 줄은 모든 쇼호스트에게 지급되지만, 아무렇게나 들고 다니면 금세 음질에 이상이 생기고 마는 탓에 저마다의 방식으로 보관한다.

어떤 이는 지퍼락 봉지에 넣어 다니고, 어떤 이는 딱 맞는 보관용 케이스를 찾을 수 없다며 직접 손뜨개로 전용 주머니를 제작하기도 한다. 이 마드리드의 동전지갑으로 말할 것 같으면 이어피스 줄이 딱 맞춤처럼 들어가는 크기인 데다 가죽이 무척 부드러워 가방 포켓에 아무렇게나 구겨서 넣어도 되니 휴대하기에 더없이 좋다. 심지어 똑딱 하고 닫히는 잠금장치도 견고해 몇 년째 매일 써도 헐거워지는 일이 없는 야무진 제품이니, 쇼호스트의 중요한 장사 밑천을 보관하는 데 이보다 제격일 수 없다. 지난 20년간 맘에 안 든다며 바꾼 이어피스 줄 주머니가 족히 수십 개는 될 테지만, 이 친구를 만난 이후로 다른 주머니에 한눈파는 일은 사라졌다. 지금 마음으로는 제발 이 지갑이 쇼호스트를 은퇴하는 날까지 튼튼하게 버텨주었으면 하는 바람이다.

남편의 선물, 리모컨

어느 누구에게나 핸드폰은 둘째가라면 억울한 애착 물건일 것이다. 나도 물론 그렇다. 매니저 없이 혼자 일하는 나로선 각종 방송 미팅, 행사 스케줄 등 업무상 중요한 전화를 직접 처리해야 하고 심지어 이 책의 원고마저 핸드폰으로 쓰고 있으니 자는 시간 빼고는 늘 함께하는 셈이다. 핸드폰으로 원고를 쓰기 시작한 것은, 가뜩이나 방송용 샘플 더미를 이고 지고 다니는 탓에 태블릿 PC나 노트북을 들고 다닐 손이 없기도 하고 PC 앞에 진득이 앉아 책을 쓸 겨를이 없기 때문이다. 미팅 사이 짬이 나거나 메이크업을 받을 때 두세 줄이라도 생각나는 것들을 녹음하거나 키워드를 나열해두었더니 막막했던 초안이 잡힌다. 이 정도면 비싼 기기 값 그 이상을 '뽕 빼고' 있는 헤비유저 아닌가.

그러나 참으로 안타까운 점 한 가지는 치명적인 건망증도 함께 갖고 있다는 거다. 결혼 후 수년간 방을 이리저리 옮겨 다니며 '여보 내 폰 봤어?'를 거의 매일 외쳤더니 3년 전 라스베이거스 출장을 다녀온 남편이 나에게 작은 선물 상자를 하나 건넸다. 베벌리힐스에 있는 명품숍이라도 들렀나 싶은 생각에 흥분해서 열어보니 100원짜리 동전만 한 작고 납작한 낯선 물건이 들어 있었다. 남편은 내 폰에 앱을 하나 깔고 차

열쇠에 그 납작한 물건을 부착했다. 이 작은 네모난 물건은 말하자면 리모컨이다. 이 리모컨에 있는 작은 버튼을 누르면 어딘가 놓인 폰에서 '저 여기 있어요!'라고 외치는 듯한 음악 소리가 쩌렁쩌렁 울린다. 반대로 앱에서 리모컨 찾기를 누르면 곧바로 차 열쇠에서 알람이 울렸다. 한바탕 자랑스럽게 시연을 끝낸 남편의 해맑은 표정에서 그간 그가 품었을 진절머리에서의 해방감이 느껴졌다. 당신에게 이보다 좋은 선물이 없을 거 같아서 제품을 보자마자 당장 구입했다는 그의 말이 당시엔 어이가 없었지만, 이 신통한 물건은 지금도 쉴 새 없이 제 할 일을 하는 중이다. 이 작은 리모컨만 있으면 이제 더 이상 걱정이 없다는 생각 탓인지 더 자주 핸드폰과 차 열쇠가 어디론가 사라지고 마는 문제가 생겼을 뿐.

나의 하루를 지탱해주는 머리끈

마지막으로 꼽을 나의 애착 물건은 여자들이라면 모두 공감할 소모품이다. 분명 자주 구입하는데도 금방 닳고 끊어지고 사라져버리는 진짜 소비템, 바로 머리 고무줄이다. 남들보다 유난히 머리숱이 많은 나는 이 사소해 보이는 작은 고무줄 하나도 신경 써서 골라야 하니 여간 귀찮은 일이 아닐 수 없었다. 오죽하면 홈쇼핑 분장팀을 총괄하는 실장님이 농담처럼 "앞으로 우리 분장 스태프를 선발할 때는 임세영 님 머리 한 번에 묶기 시험을 보고 뽑으면 되겠다"고까지 했을까? 숱이 많은 데다 말도 잘 듣지 않는 내 두꺼운 머리카락 탓에 헤어 담당자들이 아무리 손이 아프게 고무줄을 돌려대서 바짝 올려 묶어도 시간이 지나면 꽁지가 자꾸 흘러내리기 일쑤였다. 분장실 친구들 얘기로는 자기들끼리 모여 앉아 '임세영의 머리를 묶으려면 납작 고무줄이 좋다', '가는 고무줄 두 개를 한 번에 돌려야 한다' 등 각자의 주장들로 토론을 벌인 적도 있다고 한다.

그렇게 몇 년을 머리 묶는 데 애를 먹다가 10년 전쯤 올리브영에서 내 머리에 딱 맞는 고무줄을 하나 발견했다. 무팁 고무줄 '중'이라고 쓰여 있는 이 고무줄은 내 머리를 잔머리 하나 없이 싹 쓸어 모아 단번에 포니테일을 만들어준다. '소'도 있고 '대'도 있지만 다른 건 안 되고 오로지 '중' 사이즈라야 이 수습 안 되는 머리를 커버할 수 있다. 10년 전엔 두 번만 돌리면 단단하게 고정이 되었으나 지금은 머리숱이 줄었는지 세 번을 돌려야 하는 아쉬움도 있긴 하지만. 머리를 묶었던 자국도 잘 남지 않는 데다 고무줄의 둘레마저 딱 내 손목에 맞아서 하도 왼쪽 손에 걸고 다니니 방송에도 팔찌처럼 종종 출연할 정도다.

　그런데 참으로 신기한 일은 이제 나는 다른 고무줄로는
머리를 도통 묶을 줄 모르게 되었다는 사실이다. 손에 익어간다는
건 이토록 무서운 일이다.

　이 대단치 않은 물건들은《어린 왕자》속의 장미처럼 나를
오랜 시간 길들였다. 나는 방송 오프닝 직전 마지막으로 거울을
한번 보는 습관을 지니게 되었고 이어피스 줄은 언제나 가방 안의
민트색 가죽 지갑에 넣고 다니며 차 열쇠와 핸드폰은 여전히 아무
데나 놓고 다니다가 한 번씩 리모컨을 눌러 찾는다. 분명 처음에는
내가 선택한 물건들이었지만, 그 물건과 보내온 시간만큼 이제는
거기에 길든 채 살아가는 것이다. 누군가에게는 거들떠보지도
않을 물건이지만, 나에게만은 다른 무엇으로 대체될 수 없다.
오로지 나에게 맞춰진 듯한 특별한 이 물건들은 내 삶에 천천히
스며들어 어느새 자리 잡았다. 물건의 수명은 유한하기에 때론
언제까지 이 물건들을 사용할 수 있을까 생각해보기도 한다. 한
가지 분명한 건, 완전히 망가지거나 발이 달려 먼저 나에게서
도망가지 않는 한, 내가 먼저 손을 놓을 일은 없을 것이라는
사실이다.

사람의
향기

Part
2

소설 《향수》 속 외톨이였던 그르누이가 그토록 원하던 것도 결국

사람들과의 상호작용 속에 자연스럽게 몸에 배고 켜켜이 쌓인 시간이

만든 사람의 향기였을지도 모른다.

후각이 그리 예민한 사람이 아니라 할지라도, 마치 타임머신을 탄 것처럼 과거의 순간을 머릿속에 생생하게 재현시키는 추억의 향기가 하나쯤 있기 마련이다. 어린 시절 엄마 화장대에서 맡았던 오이 향 스킨과 하얀 분내, 놀이터에서 정글짐을 오르며 얼굴을 갖다 대며 맡았던 시큼쑵쓸한 쇠 냄새, 비 오는 날 등굣길의 가로수가 뿜어내는 축축하고 신선한 비 냄새, 겨울날 학교에 가는 새벽 지하철 입구에서부터 날 배고프게 만들었던 달콤한 만주 냄새 같은 것 말이다. 물론 살다 보니 내 코의 예민함은 특별한 향기 쪽보단 음식 쪽에 특화된 것 같긴 하지만, 늘 예민한 후각을 가진 친구들을 동경했었다. 향기와 얽힌 다양한 추억이나 공간이 풍기는 분위기에 대한 영감을 많이 얻을 수 있다는 건 타고난 재능이다.

나에게 지금껏 읽은 인생 책 중 하나를 꼽으라면 파트리크 쥐스킨트의 소설 《향수》다. 대학 시절 친구의 집에 놀러 갔다가 빌려 읽었던 이 책은 내 평생 읽은 책 중 가장 관능적이고도 비극적인 기묘한 이야기를 담고 있었다. 나는 책 속의 주인공이었던 그르누이의 천재적인 재능과 아름다운 향기를 묘사하는 문장들에 과하게 몰입한 나머지, 한동안 사람들이 풍기는 체취를 분석한답시고 근방을 기웃대며 킁킁거리곤 했다. 냄새에 관해선 초자연적이라 할 만큼 감각적이었던 그르누이가 사람마다 풍기는 복잡하고 섬세한 냄새를 통해 존재를 알아챘듯, 나 역시 새로운 공간에 들어서거나 누군가와 대화할 때 느껴지는 냄새를 분석하고 들여다보면 눈으로 보이는 것 이상을 알게 된다고 믿었던 것 같다.

하지만 불행히도 내 후각은 더없이 평범한 수준이었고 남이 뿌린 향수의 종류를 기가 막히게 알아차리는 친구들의 적중률마저 부러워해야 하는 지경이었으니 한동안 매료되어 있던 그르누이 흉내는 일찌감치 포기했어야 했다. 문제는 내가 단순히 평범한 코를 가졌단 사실을 자각하는 데서 그치지 않았다. 자신에게 아무런 냄새도 나지 않는다는 것에 좌절한

그르누이와는 달리, 나는 그처럼 후각이 예민한 누군가가 나의
존재를 특정한 이미지로 규정해 버릴까 봐 어떤 향수도 사용할 수
없게 된 것이었다. 정확히 말하자면 나에게서 어떤 향이 나기를
원하는지 알 수 없어 어쩌다 향수를 선물 받아도 섣불리 뿌리고
집을 나서지 못했다. 누군가 나의 향기를 기억하고 나에 대해
판단하는 것이 언제나 조심스럽다고 여겼던 듯하다.

　　그러다 결혼 후 매해 남편과 함께 여름휴가를 떠나면서부터
향수에 대한 태도를 바꾸기 시작했다. 면세점이나 여행지에서
그곳에 어울리는 향수를 사면 어찌나 기분이 좋아지던지, 여행의
묘한 들뜸은 향기라는 항목에 쳐두었던 내 마음의 진입장벽을
한 단계 낮춰주었다. 여행하는 동안 몸에는 물론, 숙소와 여행
가방에도 뿌리며 그해 휴가를 특정 향수의 냄새로 기억해두곤
하는 나만의 이벤트가 생긴 것이다. 신혼 초 발리의 숙소에서 사
온 향을 피우며 남편이 서재에서 책을 볼 때면, 매캐함을 품은
말린 풀 향기에 한껏 들뜬 나는 온 집 안을 돌아다니며 발리의
풀빌라로 지금 당장 떠나고 싶다고 떠들곤 한다. 가고 싶은 곳이
발리의 풀빌라인지 우리의 신혼 시절인지는 모르겠지만, 그립고
평화로운 기분을 만들어주는 향기임에 틀림없다.

또 런던에서 산 조 말론의 향수를 뿌리면 여행을 마치고
비행기를 기다리며 공항 바에서 마신 샴페인 한 잔의 맛이 저절로
떠오른다. 바에 앉아 느끼던 그날의 기분. 여행이 무사히 끝났다는
안도감, 약간의 취기와 함께 밀려오던 나른함, 그리고 비행기의
출발 시간을 기다리던 긴장감이 뒤엉킨 그 묘한 기분이 런던에서
사 온 향수 속에 녹아 있다. 이따금 가만히 앉아 그 기분을
불러오는 게 좋아서 평소에는 잘 뿌리고 다니지 않는다.

어느 책에서 읽으니 시각적인 기억은 경험한 것의 50%
정도만 뇌리에 남는 것에 비해 후각은 상대적으로 더 많이,
더 오래 남아 있다고 한다. 특히 강하게 인식된 냄새는 1년이
지나도 65% 이상 남아 뇌의 변연계와 연결되어 감정과 기억을
움직인다고 한다. 인간의 오감 중 가장 예민하다는 후각을 자극해
향기와 여행의 추억을 함께 저장해두는 일은 생물학적으로
검증된 기억법임이 분명하다.

'프루스트 효과'라는 말도 있지 않은가. 마르셀 프루스트의
《잃어버린 시간을 찾아서》라는 소설 속 주인공이 홍차에 적신
마들렌을 한입 베어 문 순간 그 향기에 말할 수 없는 행복감을
느끼고 아주 어린 시절의 기억을 되찾는다는 대목에서 나온
심리학 용어이다. 특정한 향기를 맡으면 마치 그 시간과 공간으로

돌아간 듯 머릿속에 각인된 후각이 기억을 불러온다는 것이다. 바쁜 스케줄에 지치고 힘들 때면 어린 시절 시장 어귀에서 맡았던 찐빵 냄새가 마흔 넘어서까지 왜 그리 맡고 싶어지는지 이해될 것도 같다. 하염없는 기다림 끝에 연기가 폴폴 올라오던 찐빵을 한입 베어 물던 그때가, 어쩌면 가장 내 인생에 가장 에너지 넘치고 호기심이 많았던 행복한 시절이어서가 아닐까? 최근에는 프루스트 효과를 모티브로 출시한 MEMO라는 브랜드에서 향수를 하나 구입하게 됐다. 아일랜드 출신의 여행가 부부가 다녀온 세계 곳곳의 추억을 향기로 담았다는 스토리를 담은 이 향수는 그 제품마다 구체적인 지명이 붙어 있다. 내가 구입한 제품의 이름은 '인레Inle'라는 호수의 이름을 따왔다고 한다. 나는 향수를 뿌리면서 가본 적도 없고 어딘지도 모르는 인레 호수라는 곳을 그림처럼 상상한다. 푸르고 잔잔한 호숫가에 서서 물기 가득한 바람을 맞으며 멍하니 호수를 응시하는 내 모습이 저절로 떠오른다. 향수라는 매개체를 통해 누군가의 추억을 염탐하고 공유하는 것도 쏠쏠한 즐거움이다.

    SNS와 유튜브로 네티즌과 활발히 소통하다 보니 간혹 향수를 추천해달라는 질문을 받는다. 사실 향수처럼 개인적인

향수라는 매개체를 통해 누군가의 추억을
염탐하고 공유하는 것도 쏠쏠한 즐거움이다.

MEMO PARIS의 인레 향수

취향이 극단적으로 반영되는 물건을 얼굴도 보지 못한 다른 이에게 추천하는 것은 참으로 어려운 일이다. 나에게 맞는 향을 찾기 위해서는 되도록 많이 뿌려보고 경험해보는 것 외에는 방도가 없겠지만, 내가 추천하는 향수 고르는 방법 중 하나는 '의외성'에 기대보는 것이다. 보이시한 차림에 화장기 없는 얼굴의 여인에게서 부케처럼 만발한 꽃향기가 풍기면, 나는 그 어긋난 듯 묘한 분위기에 매료되어 사라져가는 그녀의 뒷모습을 한 번 더 바라보게 된다. 향수는 그런 반전 매력이 더해졌을 때 최고의 존재감을 발휘하는 품목이다.

나의 경우엔 향수 가게에 갈 때마다 점원으로부터 글래머러스한 느낌의 여성스러운 향수를 추천받곤 한다. 아마 키도 크고 화려하게 치장하고 있는 내 모습에 그런 향수가 자연스럽게 연상되기 때문이 아닐까 싶다. 하지만 난 그럴 때마다 언제나 산뜻하고 편안한 종류의 풀 향이나 과일 향이 섞인 걸 고르곤 한다. '사실 나는 사랑스럽고 소박한 사람'이라는 걸 향기가 자연스럽게 건네주기를 바라는 마음이 녹아 있기 때문이다. 타고난 외모나 성품은 바꾸기 어렵지만, 풍기는 향만큼은 자유롭게 선택이 가능하다는 게 얼마나 근사한 일인가?

향수 업계 관계자에 따르면 최근에는 남과 구분되는 나만의 니치 향수 브랜드를 찾는 사람들이 많아졌다고 한다. 지루함을 쉽게 느끼는 소비자들의 마음을 사로잡을 새로운 스타 조향사가 등장하기도 하고 유럽의 도시에서 작지만 수백 년 되었다는 낯선 브랜드들이 대기업에 의해 발굴되기도 한다.

오래된 클래식 향수가 또다시 재조명되기도 하고, 서로 어울릴 것 같지 않은 향수를 레이어드해서 뿌리는 레시피도 SNS에 떠돌아다니는 걸 보면 누구나 '나만의 향기'에 대한 갈증이 있나 보다. 남과 다른 나만의 향기를 선택하고 싶은 마음을 이해 못 할 것은 아니지만, 사실 같은 향수를 뿌린다고 해서 같은 냄새가 날 리는 없다. 사람에게는 고유의 체취가 있고 쓰는 샴푸, 로션은 물론, 거주하는 곳의 냄새나 직종별로 다른 직장의 냄새 등이 복합적으로 배어 있기 때문이다.

따라서 유명 브랜드의 베스트셀러 향수를 쓴다고 해서 다른 이와 같은 냄새가 나는 것을 우려할 필요는 없다. 내가 사는 장소, 주로 만나는 사람들, 내가 하는 일, 쓰는 물건, 그리고 남과 결코 같을 수 없는 나의 체취가 고유한 나만의 향기를 만들어낼 테니 말이다.

소설 《향수》 속 외톨이였던 그르누이가 그토록 원하던 것도 사람들과의 상호작용 속에 자연스럽게 몸에 배고 켜켜이 쌓인 사람의 향기였을지도 모른다.

사치하는 여자,
명품백

여전히 누군가에게는 명품백 쇼핑이라는 게 여전히 이해가 되지 않는

사치스러움으로 느껴질 수 있다. 쇼핑에 대한 생각의 차이라는 게

개인이 둔 가치의 차이일 뿐이건만 내 마음이 시켜서 쓴 소비에 굳이

남을 이해시켜 뭐 하겠는가?

어느덧 연말이 다가오고 있었다.

우울한 코로나 시대의 분위기를 반전시키겠다는 듯 백화점들은 앞다투어 트리 장식을 하고, 유래를 들어도 딱히 공감되지 않는 '블랙 프라이데이'란 문구를 내세운 쇼핑몰의 뉴스레터가 내 메일 수신함을 꽉 채웠다. 바야흐로 1년 중 가장 쇼핑 업계가 활기를 띠는 시즌이 온 것이다. 추워지는 날씨를 대비해 방한용품, 연말 모임에 대비한 패션 소품, 가족이나 연인을 위한 크리스마스 선물, 겨울방학을 위한 준비물을 사둘 때다. 모두가 약속한 듯, 12월은 누구든지 무언가를 사게 되는 시즌이 아니었던가. 그럼에도 불구하고 연일 지속되는 코로나 19에 관한 뉴스로 좀처럼 흥겨운 예년의 느낌은 역시 나지 않는다고 생각하던 찰나였다.

하지만 바로 엊그제, 그것은 나만의 편견이었음을 깨달았다. 동료의 집들이 선물을 사러 나간 나는 향초를 하나

구입하고는 오랜만에 백화점 나온 김에 구경이나 좀 해볼까 싶어
에스컬레이터를 탔다. 올라가는 에스컬레이터에 몸을 맡긴 채
무심코 내려다본 광경에 순간 내 눈을 의심할 수밖에 없었다.
각종 명품 브랜드와 쥬얼리가 모여 있는 층의 매장 곳곳마다
마스크를 낀 고객들의 길고 긴 행렬이 마치 유명 맛집의 웨이팅인
듯 장사진을 치고 있었던 것이다. 마스크를 끼지 않았다면 코로나
이전의 호황이라고 착각했을지 모르는 풍경이었다. 듣자 하니
일반 패션 브랜드는 직격탄을 맞았는데 유명 명품 브랜드는
오히려 더 인기란다. 여행을 못 가니 명품을 구입하는 것으로
스트레스를 해소한다는 해석도 나오고, 당분간 모임이나 외출이
뜸할 테니 유행을 타는 물건보다는 오래 쓸 물건을 선호하는
추세라는 분석도 있다. 해외여행을 가면 기념품처럼 사 오던
명품 브랜드의 제품을 이제는 사러 갈 곳이 없어서라고도 했다.
답답한 시국일지라도 사람들의 소비는 언제나 어딘가로는 향하는
모양이다.

　　전형적인 남자들이 그렇듯 쇼핑이나 명품에 그리 큰 관심이
없는 남편은 도무지 그 광경이 이해가 되지 않는다는 듯, "이게
무슨 일이지?"라는 말을 연신 내뱉었다. 하긴 쇼핑깨나 한다는
나조차도 간혹 '명품백'이라는 단어가 가지는 묘한 거부감에

공감할 때가 있으니 어리둥절한 남편의 반응도 이해가 안 되는 바는 아니다.

구독자가 10만이 채 되지 않는 내 소박한 유튜브 채널의 가장 조회수가 높은 콘텐츠는 바로 약 1년 전에 촬영해 올린 '내가 소장한 명품백'이란 주제의 영상이다. 이 영상을 촬영했던 그날이 바로 내 생애 첫 유튜브 촬영 날이었다. 지금은 절친이 된 제작진과도 첫인사만 나눈 서먹한 상태로, 그동안 소장한 가방을 몇 가지 꺼내놓고 추억과 에피소드를 늘어놓는 모습은 지금의 내가 봐도 어색해 보인다. 기껏해야 10만 뷰 정도도 감사한 내 어설픈 첫 영상에 누적된 재생 횟수는 놀랍게도 거의 100만이나 된다.

역시 '명품백'이라는 단어가 주는 마력이 존재하는 걸까 궁금해지면서도 다른 영상과는 달리 이 영상에만 악플이 꽤 많은 걸 보면 '명품백'이라는 단어는 막장 드라마의 자극적인 스토리와 비슷한가 싶기도 하다. 뻔하고 우습다 욕하면서도 내일은 이 환장하게 답답한 여주인공이 어떻게 괴롭힘을 당하는지 또 보면서 복수를 기다리는 심리랄까? 악플 중에는 명품백 사는 여자들을 무차별적으로 비난하는 댓글이 많긴 하나, 간혹 '그렇게 가죽이 대단해?', '그 가방이 뭔데 그렇게 비싸?'라며 가성비를 운운하는 핀잔 섞인 시선도 있다. 우리는 과연 명품백을 대단한 가죽이라서, 대단한 디자인이라서 기백만 원의 돈을 주고 사려는 걸까?

사실 우리가 명품백을 사는 대체적인 이유는 뛰어난 품질 같은 실용적이고 합리적인 이유 때문은 아니다. 브랜드 고유의 독창성, 긴 세월에 걸쳐 만들어진 역사와 거기에 얽힌 수많은 사람의 이야기가 그 자체로 브랜드의 자산이 된다. 천천히 쌓아올린 브랜드의 가치와 감성은 사람들을 매료시킨다. 세월이 누적된 고유의 정체성은 아무나 갖고 싶다고 해서 단번에 획득할 수 있는 것이 아니기 때문이다.

여기까지 얘기해도 도무지 명품 열광이 이해가 되지 않는 사람은 "그래도 그 브랜드라 그저 맹목적으로 좋아하는 거 아니야?"라고 질문한다. 그럼 나는 명품 브랜드가 주는 가치를 '유명 관광지로의 여행'에 비유해 얘기하곤 한다. 좋은 추억을 가진 곳에는 반드시 다시 가고 마는 고집을 가진 나는 순전히 트레비 분수를 보러 로마에 세 번이나 갔더랬다. 서른 살 때 떠난 첫 로마 여행의 어느 저녁, 나는 그 유명하다는 트레비 분수를

찾으러 가다 길을 잃고 말았다. 구글 맵도 없던 시절이라 여행
책에서 정성스레 오려낸 지도를 들고 해가 다 지도록 로마의
컴컴한 골목길을 헤맸다. 모퉁이마다 어찌나 생김이 비슷한지
처음 온 길 같기도 하고 분명 아까 지나친 듯하기도 한 좁디좁은
로마의 골목길을 몇 바퀴를 돌았는지 모를 정도였다.

　　진이 다 빠져 그냥 호텔로 돌아갈까 고민하던 즈음 마침내
지도에 적혀 있던 이름의 표지판을 단 작은 광장을 찾아냈다.
하도 여기저기 헤매 다닌 탓에 날은 어둡고, 배낭을 멘 몇몇의
여행객만이 그 앞을 서성이고 있었다. 일말의 허탈함으로 광장에
도착하자마자 맞이한 트레비 분수는 노르스름하게 번지는
부드러운 조명 아래서 상상 속에 그려왔던 모습 그 이상의
낭만적인 자태로 나를 맞이하고 있었다. 제법 쌀쌀했던 오후의
바람, 조명에 반사되어 반짝이며 물을 내뿜던 모습, 경쾌한
물소리, 나이 든 악사가 연주하는 구슬픈 바이올린 소리가
어우러진 풍경은 그날의 고단함을 한 번에 날려준 최고의
선물이었다. 그때 그 시각 트레비 분수를 만난 짧은 순간은 내게
평생 잊지 못할 장면으로 남았고, 로마에 머물던 내내 매일 그곳에
가서 분수 속으로 연신 동전을 던졌다.

　　나는 그 후로도 두 번이나 로마행 비행기를 탔다. 두 번 모두

목적은 오로지 하나. 그 아름다운 트레비 분수 앞에 서서 다시 위로받고 싶었기 때문이다. 혹여 다른 도시에 가더라도 시간이 허락하는 상황이면 로마에 꼭 들렀다.

"그 돈 주고 명품백을 꼭 사야 해?"라는 핀잔이 나에게는 "굳이 그 바쁜 시간을 쪼개 로마에 가야 해?"라는 말과 같이 들린다. 만약 뛰어난 건축가가 서울 강남 한복판에 1700년대 바로크 건축 양식 그대로 트레비 분수와 똑같은 분수대를 설치한다면, 나는 마찬가지로 그곳을 좋아하게 될까? 그 분위기와 낡음을 제아무리 똑같이 재현한다 해도 내 마음을 사로잡은 그 트레비 분수와 결코 같을 수 없다. 여자들이 명품백을 사기 위해 줄을 선 모습을 보며 저 브랜드의 가치가 저 정도로 대단한 거냐고 묻는 남편에게 이 이야기를 들려주니 고개를 갸웃거린다. 표정을 보아하니 말도 안 되는 비유라고 생각하는 듯한데 그저 입 밖으로 꺼내놓지 못하는 눈치다. 아마 마음속으로는 저렇게 생긴 가방은 많은데 그 디자인이 그렇게 탐나면 훨씬 합리적인 가격대의 짝퉁을 사보면 될 일이라고 생각할지도 모른다.

얼마 전 친하게 지내는 가방 디자이너와 커피 한잔 마시며 대화를 나눴다. 워낙 어려서부터 가죽을 다루는 일을 해온 그는

브랜드 고유의 독창성,

긴 세월에 걸쳐 만들어진 역사와

거기에 얽힌 수많은 사람의 이야기가

그 자체로 브랜드의 자산이 된다.

에르메스 버킨 백

솜씨가 워낙 좋아 가죽과 바늘, 그리고 실이 있으면 무엇이든 뚝딱뚝딱 수작을 만들어냈다. 그는 직접 운영하는 브랜드와 가죽 공방에서 수천만 원짜리 에르메스 백이 사용하는 가죽, 실, 잠금장치 등의 부자재를 납품하는 업체와 거래한다. 심지어 에르메스의 버킨이나 켈리 등의 명성 있는 클래식 가방을 만드는 정통 방식을 동일하게 구현할 자신이 있다고 했다. 과연 얼마나 똑같이 만들 수 있을까 수차례 테스트해보기도 했다는 그는 종종 패션계 인사들이 소장한 고가의 에르메스 백을 수선하는 일을 의뢰받기까지 한다.

문득 그에게 질문을 던졌다.

"그럼 에르메스의 백을 그 비싼 가격에 살 일이 없겠네요. 본인이 들고 싶은 가방은 맘껏 스스로 만들어 쓰면 되니까요. 부러워요."

그러자 단박에 이런 대답이 돌아온다.

"그래 봤자 그건 진짜가 아니잖아요. 제가 그 가방을 똑같이 만든다 한들 흉내 낸 것에 불과하죠. 저도 열심히 돈을 벌어서 에르메스 백을 사는 걸 좋아해요."

에르메스 백의 만듦새 정도는 순식간에 구현할 수 있는 장인도 에르메스 백 쇼핑하는 걸 좋아한다니 웃음이 나왔지만 생각해보면 우문현답이다.

　여전히 누군가에게는 명품백 쇼핑이라는 게 여전히 이해가 되지 않는 사치스러움으로 느껴질 수 있다. 쇼핑에 대한 생각의 차이라는 게 개인이 둔 가치의 차이일 뿐이건만 내 마음이 시켜서 쓴 소비에 굳이 남을 이해시켜 뭐 하겠는가? 내가 트레비 분수로 향하면서 이미 출발부터 얻는 위로처럼 매장 앞에 줄을 서서 기다리는 시간 동안 누군가의 마음이 행복으로 설렌다면야.

왈 가 닥 의 성 장 기

블랙 슈트

Part
2

얌전한 언니와는 달리 어려서부터 고집 세고 어딜 가든 하고 싶은 말은

하고 마는 성미를 가진 둘째 딸에게 일부러 바지만 입혀 사내 못지않은

왈가닥으로 키워주신 덕에, 어쩌면 나는 엄마가 원하는 사람이 조금은

되었는지도 모르겠다고.

기억 속에서 엄마는 내게 늘 바지를
입혔다. 네 살 터울의 언니는 늘 깜찍한 원피스에 메리 제인
구두를 신었고 난 주로 청바지나 코듀로이 팬츠에 운동화
신세였다. 심지어 긴 머리를 묶고 다녔던 언니와 달리 연년생인
남동생과 나는 유년 시절 늘 쌍둥이처럼 얼굴형을 따라 둥글게
자른 바가지 머리를 하고 다녔다. 어쩌다 한 번쯤은 언니의
원피스를 얻어 입었을 법도 한데 대부분의 사진 속에서 나는
청바지 차림에 짧은 머리를 하고 눈에 띄게 키만 훌쩍 큰
아이였다. 그 선머슴 같은 모습이 어린 내 맘에 들지 않았던 것은
당연지사다. 짐작건대 언니와 나는 나이 차가 많았지만, 한 살
차이의 남동생에게는 내 옷을 곧장 물려 입혀야 했을 테니 나에게
아들이나 딸이나 같이 입어도 좋을 그런 중성적인 옷을 입혔을 게
뻔하다.

이 얘기를 꺼낼 때마다 엄마는 '내가 얼마나 네 옷을 신경 써서 입혔는데 그런 억울한 소리를 하느냐'며 손사래를 치셨다. 당신 눈에는 둘째 딸에게 그런 옷차림이 너무 잘 어울렸을 뿐이라고 덧붙이시며 대신 너에게는 언니 옷을 물려 입히지 않고 항상 새 옷만 사 입혔다고 주장하신다. 아이러니하게도 유년 시절 레이스 양말에 원피스를 입은 긴 머리의 청순한 소녀였던 언니는 지금 스포츠 브랜드를 주로 입는 짧은 머리의 중학교 교사가 되었고, 바가지 머리만 하던 나는 긴 머리를 고수하며 여성복을 입고 방송하는 일을 하고 있으니 인생이란 참 재미있지 않은가? 가끔 엄마에게 왜 나를 그리 사내아이처럼 입혔냐는 핀잔을 던지긴 했지만, 정작 어른이 되어보니 내 눈에도 나에게는 원피스나 스커트 차림보다는 바지 슈트가 꽤 잘 어울린다. 70대 할머니가 된 엄마는 바지 슈트를 입은 내 모습을 볼 때마다 매번 같은 소리를 한다.

"내 딸이지만 엄마 눈에는 이 모습이 정말 근사해. 앞으로도 꼭 기억해. 너에게 바지가 잘 어울린다는 걸."

만약 누군가 나에게 평생 입을 옷을 딱 한 벌만 고르라고 한다면 나는 결국 블랙 바지를 택할 것이다. 블랙 바지 슈트

한 벌만 있으면 언제든 제대로 채비를 하고 나선 듯 갖춰 입은 느낌을 낼 수 있다. 비즈니스 미팅도 결혼식도 장례식도 가능하다. 그뿐인가. 재킷만 따로 활용해 청바지나 원피스 등과 매치하면 유행과 상관없이 대부분 성공적인 옷차림을 만들어낸다. 바지는 셔츠나 니트와 함께 마르고 닳도록 활용할 수 있으니 잘 고른 슈트 한 벌의 활용도는 세상 어떤 옷과도 비교가 안 된다. 블랙 슈트를 제대로 옷장 안에 장만해둔다는 것은 마치 쌀과 김치를 냉장고에 두둑이 넣어두는 것만큼이나 든든한 해결책이니, 여성복에서 바지 슈트는 스커트가 구성된 세트 상품보다 월등히 인기가 높고 홈쇼핑 패션 방송에서도 가장 핵심 매출을 차지한다.

그러나 시간을 조금만 되돌려 살펴보면, 바지 슈트가 여성복에 등장한 역사는 생각보다 길지 않다. 오랜 세월 유럽 여성의 정장이란, 르누아르 그림 속 여인들처럼 긴 스커트와 몸매가 드러나는 짧은 재킷 차림이었다. 그림 속에 등장하는 양산을 쓴 그녀들의 모습은 파티 드레스를 입은 여자들과 별반 차이가 없어 보인다.

지금 우리가 '정장'이라고 할 때 떠올리는 여성의 바지 슈트가 본격적으로 주목받기 시작한 것은 1966년 프랑스의 천재 디자이너 이브 생로랑이 당시 남자들의 턱시도를 여성용으로 변형시킨 '르 스모킹Le Smoking'을 선보이면서부터다. 여성 인권 신장을 위한 여성해방운동이 한참인 시기였지만, 여성이 공공장소에서 바지를 입는 것이 금기시되고 있었기에 르 스모킹 룩은 당시 파격을 뛰어넘어 충격이었다.

그는 최초로 컬렉션에서 음악을 틀었고 흑인 모델을 무대에 세웠다. 그렇게 시대를 앞선 인물이었던 이브 생로랑. 동시대 사람들은 그를 괴짜라고 불렀다. 그러나 이 괴짜 디자이너에게도 여성에게 바지 슈트를 입히는 것에 대한 영감을 준 이는 따로 있었으니 바로 독일 출신 할리우드 배우 마를렌 디트리히다. 그녀는 놀랍게도 1930년대 이미 남장을 즐겼고, 그녀가 즐겨 입었던 스타일은 훗날 '디트리히 슈트'라고 불리며 80년대 발맹의 쇼에서 오마주되기도 했다.

허스키한 목소리와 긴 다리, 특유의 섹시한 매력을 가졌던 마를렌 디트리히. 그녀가 일상복으로 바지 슈트를 입은 차림이 그 시대에 얼마나 파격이었던지 그녀가 파리에 머물 당시 파리 경찰 서장이 그녀에게 더 이상 물의를 일으키지 말고 그곳을 떠날 것을 권유했다고 한다. 그러나 디트리히가 바지 슈트를 즐겨 입으면서 그녀의 이미지에 중성적인 카리스마가 더해져 영화 출연료는 더욱더 치솟았다고 하니 이 또한 웃지 못할 이야기다.

이브 생로랑은 생전에 '옷 입는 방식보다 삶의 방식이 더 중요하다'는 명언을 남겼지만, 종종 옷을 입는 방식은 우리의 일상을 좌우하기도 한다. 아침에 편한 바지를 입고 나오면 그날따라 걸음걸이가 빨라지고 일의 능률이 올라간다거나, 마음에 쏙 드는 원피스를 입으면 사람들을 대할 때 자신감이 올라가고 매력 있는 태도로 바뀌지 않던가. 나 역시 잘 맞는 바지 슈트를 입은 날, 내 자신이 더욱더 능력 있는 사람이라고 믿으며 열심히 일 처리를 하게 된다. 나와 같이 슈트를 입으면 능력 발휘를 하기 좋다고 생각한 이가 많았던지 여성 슈트는 1980년대에 이르자 거세게 유행했다. 당시 여성의 사회 활동이 본격화되었고 여성 슈트는 이 흐름과 맥을 같이 한다. '패션은 역사와 환경의 총합'이라고 말한 어느 패션회사 CEO의 말이 떠오른다. 닭이 먼저인지 달걀이 먼저인지의 문제처럼 증가된 여성들의 사회 활동과 바지 슈트를 입는 문화는 서로에게 적지 않은 영향을 미쳤을 것이다.

60년대 여성 바지 슈트가 상징적인 의미를 일깨우고 인식의 변화를 주도했다면 80년대 슈트의 유행은 순전히 늘어난 수요

때문이었다. 내 기억속에서도 어깨가 강조된 디자인의 오버
사이즈 슈트를 입은 황신혜가 나오던 광고 컷은 당시 유행했던
'커리어 우먼'이라는 단어와 찰떡같이 어울렸으니 말이다.

　나는 간혹 디트리히가 그랬던 것처럼 남자들이 입는 방식을
흉내 내서 입는 것을 좋아한다. 바지와 재킷을 차려입는 것이 내게
잘 어울린다는 것을 받아들이게 된 점도 있겠지만, 사람들 앞에서
나의 존재감을 드러내고 분위기를 압도해야 할 필요성을 느낄 때
그 파워풀한 차림새가 실제로 도움이 된다고 느끼기 때문이다.
　그래서인지 내 옷장에서 가장 넓은 구간을 차지하는 아이템은
슈트다. 슈트를 쇼핑한다는 것은 재킷과 팬츠가 모두 마음에
들어야 한다는 것을 의미하기에 고려해야 할 것이 많다. 일단
좋은 재킷을 선택하는 나의 기준은 무척 간단하다. 처음부터
완벽하게 내 몸에 맞아 떨어지는 재킷을 발견하면 좋겠지만,
그렇지 못하다면 재킷을 구입할 때 따져야 할 우선순위는 오로지
어깨와 라펠이다. 재킷의 품이나 소매길이, 총장은 모두 구매 이후
고치는 것이 가능하지만 어깨와 라펠은 옷의 완성도나 캐릭터를
결정할 뿐만 아니라 한번 만들어지면 수선도 거의 불가능하다.
사람으로 치자면 재킷의 어깨는 턱선과 같고, 라펠의 모양은 눈과

같다. 정갈하고 선명하게 떨어지는 어깨선을 가진 재킷은 어떤 원단이나 디테일을 더해도 근사하다. 완벽한 얼굴형에 놓인다면 사람의 이목구비가 어떻든 돋보이는 것과 같다고 할까? 따라서 슈트를 구입할 때는 반드시 어깨의 움직임이 자유롭고 잘 맞는 재킷을 고르는 것부터 시작해야 한다.

여기에 짧고 둥근 라펠은 그렁그렁한 눈처럼 여유롭고 순한 인상을 주지만, 끝 라인이 솟구치고 긴 라펠은 세련된 아이라인을 길게 뽑은 눈처럼 매섭고 날렵한 인상을 준다. 보통 내가 슈트를 입는 목적에 가까운 옷은 후자 쪽이기에 내가 고른 재킷의 대부분은 날렵하게 올라간 라펠을 가지고 있다. 여기에 바지 핏은 내가 가장 예민하게 보는 영역이다. 바지통이 넓든 좁든, 바지 길이가 길든 짧든 입었을 때 허리와 골반 라인을 곡선으로 부드럽게 감싸면서 몸에서 뜨는 부분이 없어야 하고 거울 앞에 섰을 때 무릎의 위치가 높아 보여야 한다. 여기에 적당한 신축성과 지나치게 구겨지지 않는 실용성까지 갖추었다면 그야말로 최고의 바지다. 이렇게 고른 재킷과 바지의 조합이라면 세일하지 않아도 구입해야 할 운명적 슈트라고 해도 좋다.

바지 슈트를 여권신장을 주장하기 위해 보란 듯이 입거나

남자와 다름없이 일할 수 있음을 증명하기 위해 입어야 했던
시대에서 워킹 맘으로 살았던 엄마는, 내가 사회적인 존재감과
결정권을 가진 여자로 성장하기를 누구보다 더 바랐을 것이다.
사진 속의 선머슴 같은 차림새를 늘 못마땅해했던 나는 이쯤에서
인정해야 한다. 얌전한 언니와는 달리 어려서부터 고집 세고 어딜
가든 하고 싶은 말은 하고 마는 성미를 가진 둘째 딸에게 일부러
바지만 입혀 사내 못지않은 왈가닥으로 키워주신 덕에, 어쩌면
나는 엄마가 원하는 사람이 조금은 되어 있는지도 모르겠다고.

바 람 불 어 좋 은 날

스카프가
필요해

우리나라처럼 사계절이 있는 나라에서 스카프는 더욱더 사랑받을

가치가 있는 실용성 높은 아이템이다. 한여름엔 차가운 에어컨 바람을

피하기에도 용이하고, 간절기에는 논할 가치 없이 필수 품목이며

한겨울엔 터틀넥 대신 목에 둘러 보온하는 용도로도 제격이다.

"재질, 핏, 편리함, 어느 것 하나도
놓치지 않은 정장 세트입니다. 보세요! 마감이 이렇게 훌륭해요."
　어느 저녁 방송이었다. 네이비 슈트는 내가 보기에도 꽤
잘 만들어진 좋은 옷이었지만, 그날따라 열띤 설명에도 영
반응이 시원치 않았다. 얼마나 좋은 가격에 이 상품이 출시된
건지, 실물이 얼마나 훌륭한 아이템인지 되풀이해 설명했다.
물론 네이비 색상은 화면상으로 디테일이 잘 살기 어렵기도
하고, 어두운색 슈트는 누구에게나 이미 한 벌쯤 가지고 있는
아이템이라는 걸 알면서도 주어진 시간이 줄어갈수록 마음이
점점 급해졌다.
　답답한 마음에 옆 행거에 비치되어 있던 블루와 그레이가
섞인 실크 스카프 하나를 집어 들어 목에 휘릭 두르는 회심의
승부수를 띄웠다. 모니터에 비친 스카프를 두른 모습은 내가

봐도 상품과 정말 잘 어울렸다. 내 모습에 자신감이 생긴 탓인지 목소리에도 생기가 돌기 시작했다.

"기본에 충실한 옷은 이렇게 자신의 얼굴빛에 어울리는 스카프 하나 정도만 매치해도 어떤 자리에서든 충분히 돋보이죠. 여러분 저 지금 어때 보이나요?"

목에 걸친 스카프를 휘날릴 때마다 판매율도 함께 치솟았다. 그날 우연히 걸려 있던 블루 그레이 스카프에 가장 잘 어울리는 색이었던 네이비 슈트는 방송 시간을 채우기도 전에 매진되었다. 방송이 끝난 후에도 흥분이 가라앉지 않은 엠디는 스카프를 둘러 클로즈업을 한 순간 올라가던 콜 그래프에 대해 한참을 이야기했다.

그날 제품에 별다른 관심이 없던 이들의 주의를 환기시킨 건 누가 뭐래도 스카프였다.

스카프는 무한한 매력을 지닌 아이템이다. 주변 사람들의 시선을 집중시키고 옷의 표정 또한 단번에 바꿔준다.

전 IMF 총재를 역임했던 유능한 여성 경제인이자 현 유럽중앙은행ECB 총재인 크리스틴 라가르드Christine Lagarde는 늘 완벽하고 중심을 지키는 스타일링으로 세계의 주목을 받았다.

무채색의 양복을 입은 획일적인 넥타이부대 남성들 사이에서
그녀의 패션은 단연 독보적이며 당당한 자신감을 내비친다.

　　라가르드 총재의 다소 건조해 보일 수 있는 패션은 과감한
스카프의 존재감으로 화려하고 우아하게 빛난다. 지켜보니
그녀만의 스타일링 법칙도 있다. 무채색 옷에는 크고 과감한
스카프로, 화려한 색감의 옷에는 작거나 톤을 맞춘 스카프로
연출한다. 그녀의 스카프 사랑이
얼마나 대단한지 오죽하면
'라가르드의 스카프로 세계 경제를
점친다'는 말까지 나올 정도다.
경제가 호황일 때 그녀의 스카프는
더욱더 화려하게 흩날리고 세계
경제가 위축될 때는 작아지고
무채색으로 변한다는 것이다.
전형적인 유럽 로열층의 보수적인
패션을 보여주는 라가르드 총재의
스타일에 만약 스카프가 없었다면
어땠을까. 그녀는 스카프가 주는
힘을 정확히 알고 적재적소에

활용해 어디에서나 주목받는다.

라가르드 총재의 스카프가 그녀만의 권위와 우아함을 상징한다면 반대로 영화 〈로마의 휴일〉 속 오드리 헵번의 쁘띠 스카프는 작은 얼굴과 커다란 눈을 강조하여 더욱더 어려 보이는 효과를 거둔다. 화이트 셔츠 깃 안으로 드러난 길고 가는 목에 앙증맞게 둘러맨 스트라이프 패턴의 스카프는 우리가 사랑해 마지않는 그녀의 선하고 사랑스러운 이미지를 더욱 부각한다. 오드리 헵번 덕분에 나는 목이 길고 짧은 헤어 스타일을 가진 여인을 보면 늘 예쁜 스카프를 선물하고 싶은 충동을 느낀다.

세기의 댄서 이사도라 덩컨의 죽음에 얽힌 비극적인 스토리는 스카프에 더욱더 드라마틱하고도 관능적인 이미지를 더한다. 애인과 떠나는 길에 길게 흩날리던 붉은 스카프의 술이 자동차 뒷바퀴에 말려 들어가 목이 졸리는 사고로 사망했다는 그녀의 마지막 이야기는 마치 희곡에 등장하는 비련의 주인공 같은 처연함마저 준다. 상징적인 인물들과 일련의 사건들 탓인지, 우리에게 '스카프'라는 단어가 주는 뉘앙스는 결코 단선적이지 않다. 그만큼 스카프의 한계 없는 매력이기도 하다.

스카프는 브랜드마다 다양한 형태와 패턴이 존재하고 활용법도 무궁무진하다. 이러한 장점 이면에는 스카프의 특성에 따라 적절하게 다루기 어렵다는 난점도 있다. 그래서인지 스카프는 거리감이 느껴지는 액세서리 정도로 취급받기도 한다. 방송하다 보면 스카프 매는 법을 가르쳐달라는 문의나 요청을 자주 받게 되고, 백화점 VIP들을 상대로 스카프 연출에 관련된 강의를 해달라는 의뢰도 잦다. 유튜브에 '스카프 매는 법'을 검색하면 관련 영상이 수없이 올라와 있으며 심지어 에르메스는 '실크노트'라는 스카프 연출 전문 앱도 출시했다.

가까이 하고 싶어도 여전히 멀어 보이는 스카프 스타일링이지만, 사실 우리나라와 같은 사계절이 있는 나라에서 스카프는 더욱더 사랑받을 가치가 있는 실용성 높은 아이템이다. 한여름엔 차가운 에어컨 바람을 피하기에도 용이하고, 간절기에는 논할 가치 없이 필수 품목이며 한겨울엔 터틀넥 대신 목에 둘러 보온하는 용도로도 제격이다.

만약 스카프를 자주 구입해보지 않은 사람에게 가장 자주 쓸 수 있는 스카프 형태를 하나 추천하라고 한다면 정사각형의 90×90 사이즈를 추천하겠다. 스카프 하면 떠오르는 브랜드인 에르메스의 베스트셀러 또한 90 사이즈의 '까레carre' 모델이다. 이 제품은 접고 감는 방향에 따라 다양한 스타일을 연출할 수 있고 너무 크거나 작지 않아 사계절 모두 활용도가 높다. 클래식 브랜드 특유의 화려한 색감을 매치할 자신이 없다면 토템이나 아크네 같은 북유럽 브랜드에서 나오는 깔끔하고 단순한 스트라이프나 도트 무늬로 시작해서, 다채로운 프린트나 색감의 제품으로 넘어가는 수순으로 접근한다면 스카프의 매력에 좀 더 쉽게 다가갈 수 있을 것이다.

만약 손재주가 없어 스카프 접기가 어렵다면, 가로로 긴 마름모꼴 스카프 형태로 시작해보는 것도 추천한다. 에르메스의 로장지 모델로 대표되는 타입으로 타이처럼 묶거나 두 번 돌려 짧게 매듭을 지으면 의외로 활용하기 좋아서 스카프를 매는 솜씨가 없다고 한탄하는 사람들에게 자주 추천한다.

스카프 쇼핑에서 빠질 수 없는 가늘고 길쭉한 트윌리 스타일의 스카프는 목에 연출하는 것뿐만 아니라 헤어밴드, 머리끈, 팔찌, 가방 손잡이에까지 폭넓게 사용 가능해 액세서리로서 가성비가 가장 훌륭하다고 할 수 있다. 또한 숄처럼 덮어쓸 수 있는 얇고 넓은 직사각의 스카프는 활용도가 높아 나에게는 출장 필수품이다. 어느 도시의 날씨에나 적응할 수 있게 도와주고, 기차나 비행기 안에서는 이불처럼 덮고 있을 수도 있으니 짐을 쌀 때마다 가장 먼저 챙긴다.

내가 즐겨 하는 여러 가지 스카프 연출법

재미있는 것은 스카프를 한번 구입하기 시작하면 수집하듯 쇼핑하는 사람들이 많다는 것이다. 작은 사이즈에서 시작해서 큰 사이즈로, 단순한 무늬와 색상에서 시작해서 좀 더 과감한 패턴으로 넘어가는 즐거움도 있고 이런저런 매듭법을 시도하며 스카프의 활용도를 넓혀가는 것 또한 옷을 입는 재미 중 하나다.

'전 맨날 입던 스타일만 입어요. 옷을 잘 입으려면 무엇부터 해야 할까요?'

'항상 블랙만 사니 어찌해도 모나미 룩에서 벗어날 수가 없어요.'

'이 지루한 옷차림에서 어떻게 탈출할 수 있을까요?'

요즘 내가 유튜브 구독자에게서 제일 많이 듣는 질문들이다.

오랫동안 익숙해진 스타일을 한 번에 바꾸는 일은 무척 어렵다. 하지만 늘 입던 스타일을 고수하더라도 시도하지 않았던 물건을 스타일링에 살짝 더하는 것만으로 완전히 새로운 이미지를 만들어 낼 수 있다면 이 얼마나 쉬운 변신인가? 생기를 잃은 내 패션을 순식간에 구원할 한 조각의 천, 스카프! 새로운 계절에는 아름다운 스카프에 눈을 돌려보자. 시도하지 않는다면 결코 스타일은 바뀌지 않는다.

영원히 포기할 수 없는 그 이름

청바지

Part 2

뻔한 옷도 뻔하지 않게 스타일링 해주고 다릴 필요조차 없으며 때도

덜 타는 옷, 낡으면 낡은 대로, 늘어나면 늘어난 대로 예뻐 보이는 이

대견한 물건과 굳이 헤어져야 할 이유가 무엇이란 말인가?

추석 연휴 저녁, 새로 론칭한
브랜드의 신상품 니트를 생방송으로 판매하고 있었다. 그날따라
유난히 시청률도 판매율도 급상승 중이라 신나게 상품을
설명하는데 대기 시간이 한참 걸리도록 밀려들던 주문 콜이
일순간에 절반으로 뚝 떨어졌다. 갑작스러운 상황에 당황한
나에게 담당 피디는 가수 나훈아 씨의 단독 콘서트가 지금 막
KBS에서 시작되었다고 알려주었다. 나중에 안 사실이지만
딸내미 방송이라면 꼭 챙겨 보는 엄마마저 그날은 나훈아
콘서트로 채널을 돌렸노라고 고백했으니 도저히 이길 수가 없는
게임이었던 것이다.

16년 만에 지상파에 출연한 나훈아가 코로나에 지친 전
국민을 TV 앞에 앉아 열광하게 만들었다며 이후로도 한동안
나훈아 온라인 콘서트와 관련된 보도들이 대서특필되었다.

보도된 사진에서 그는 찢어진 청바지 차림이었다. 백발의 머리를 질끈 묶고 찢어진 청바지를 입은 나훈아. 70대의 나이에도 에너지와 열정을 뿜어내는 데뷔 50주년차의 가수에게 찢어진 청바지는 무척이나 잘 어울렸다. 사진 속 나훈아의 모습은 그의 무대 매너와 유례없이 치솟은 시청률에 대한 찬양 일색의 기사를 단번에 설득시켰다. 내 눈에도 그의 청바지 차림은 무척 근사해 보였다. 오랜 공백을 뛰어넘어 자신의 건재함을 과시하는 데 청바지만 한 대안은 없었을 것이다. 그는 완벽한 타이밍에 마이크를 들고 외쳤다. 지금부터 우리가 세월의 모가지를 비틀고 가자고.

개인적으로 연예계 최고의 패션 피플이라고 생각하는 배우 윤여정 씨 또한 청바지를 적재적소에 참 잘 활용한다. 내가 〈꽃보다 누나〉, 〈윤식당〉을 재미있게 봤던 이유 중 하나는 단연코 그녀의 패션이었다. 워싱이 정교한 청바지에 화이트 스니커즈나 부츠를 신고 화이트 셔츠나 롱 재킷을 매치한 그녀의 옷차림은 '나이가 들면 좀 화려한 옷을 입어줘야 해'라는 선입견에 정면으로 맞선다. 동그란 안경이나 가벼운 에코백도 그녀의 나이를 잊게 하는 중요한 액세서리인데, 역시 이 스타일링의 중심에는 청바지가 있다. 이렇듯 수많은 패션 피플에게 데님 룩은 떼려야 뗄 수 없는 존재다.

사랑스럽고 자유분방한 공효진의 이미지는 청바지 없이 실현 불가능했을지도 모르고, 청바지를 입고 광고에 나온 전지현은 밀착 원피스를 입은 것보다 더 압도적인 섹시미를 뿜냈다. 따지고 보면 당대 유명 청바지 브랜드의 모델로 활동한 전지현, 이효리, 신민아, 신세경, 수지와 같은 일명 청바지 여신의 계보는 곧 그 시대 대세로 불리던 스타의 계보이기도 하다. 청바지만큼 자유롭고 에너지가 넘치고 깨끗한 인상을 주며 섹시하기까지 한 옷이 세상 어디에 있겠는가?

청바지가 사람들의 로망이 된 건 언제부터였을까?

사실 그 시작은 50년대 한국에 들어온 미군들의 사복 패션이었다고 한다. 미군들이 쉬는 날 즐겨 입었던 푸른 청바지는 가난했던 우리에게 신선한 충격이었을 것이다. 처음엔 깡패들이나 입는 옷이라는 부정적인 이미지가 팽배했지만, 1960~70년대를 거치면서 송창식, 김세환, 양희은 씨 등이 청바지에 통기타를 들고 등장했고 청바지는 곧 우리나라 포크 문화를 대표하는 이미지가 되었다. 80년대에는 교복 자율화로 청소년들이 청바지를 사 입기 시작했고, 같은 시기 대학생들의 시위 현장에도 언제나 청바지가 함께했다. 그렇게 청바지는 젊음, 방황, 저항의 상징이 되었다. 청바지 수요가 폭발하자 90년대에는 수입 브랜드에 맞선 고가의 닉스, 스톰, 겟 유즈드 같은 국내 청바지 브랜드가 연이어 탄생했다. 그 당시 고등학생이었던 나는 새롭게 등장하는 브랜드마다 계속 올라가는 청바지 가격에 눈이 휘둥그레졌던 기억이 난다. 그러고 보니 우리나라 대중문화의 전성기가 시작되었던 그 시절은 청바지의 전성기였다. 오죽하면 변진섭의 〈희망사항〉이라는 히트 가요의 첫 소절이 '청바지가 잘 어울리는 여자'였겠는가? 김치볶음밥을 잘 만드는 여자나 멋 내지 않아도 멋이 나는 여자보다 먼저 손꼽힌 190년대 전후 모두의 희망사항이었던 여자. 그만큼 매력적인 여자를 떠올릴 때 함께 생각나는 옷이 바로 청바지였다.

변진섭이 가수로 최고의 전성기를 맞이하던 그 시절에 나는 용돈을 모아 혼자 버스를 타고 게스 청바지를 사러 가던 조숙한 중학생이었다. 그 수많은 워싱의 청바지 중에 단 한 벌을 고르기 위해 수십 벌의 청바지를 입어보던 소녀는 지금 이렇게 옷을 다루는 어른이 되어 원 없이 청바지를 입어보며 살고 있으니 참으로 감개무량한 노릇이다.

청바지는 데님 원단에 인디고(청색의 종류) 색을 입혀 만든다. 1850년대 미국 서부에서 골드러시 붐이 일자 금을 캐고자 전국 각지에서 광부가 몰려들었는데, 이들의 작업복이 무거운 도구를 견디지 못해 쉽게 찢어졌다고 한다. 그러자 천막으로 사용되던 원단에 작은 리벳Rivet(버섯 모양의 굵은 못)을 박아 탄탄하게 만들었던 것이 바로 청바지의 시초다. 이후 천막 대신 데님 옷감에 파란색으로 염색한 오늘날의 청바지가 탄생했다. 이 옷은 전 세계적으로 폭발적인 반응을 얻었다. 청바지를 고안한 리바이 스트라우스는 우리가 모두 아는 청바지 브랜드, '리바이스'의 창업자다.

청바지는 핏, 원단, 워싱, 이 세 가지에 따라 유행과 스타일이 시시각각 변한다. 같은 부츠 컷 바지라도 20년 전에 입었던 것을 꺼내 입으면 묘하게 촌스러워 다시 새 상품을 쇼핑하게 된다. 그중 유행에 제일 민감한 건 바지의 폭이라고 할 수 있는 핏. 불과 2~3년 전만 해도 스키니가 대세였지만, 이제는 여유가 있고 밑위길이가 올라간 스타일이 대세가 된 것을 보면 알 수 있다. 실루엣과 여유감은 핏을 결정하는 가장 중요한 요소다. 테이퍼드, 스트레이트, 플레어드, 와이드 등과 같이 바지 형태를 결정하는 기본 디자인이 있는데 이 또한 정도의 차이가 존재한다.

기본적으로 테이퍼드는 허벅지 부분이 넉넉하고 종아리 부분은 좁은 역삼각형 모양의 실루엣을 말하고, 스트레이트는 일자바지, 플레어드는 흔히 말하는 나팔바지를 말한다. 이 실루엣에 여유를 더 주느냐, 몸에 더 붙게 하느냐에 따라 수많은 디자인의 핏이 나온다. 스키니 핏은 테이퍼드 실루엣에 여유를 최소한으로 둬서 몸에 붙게 만든 것이고, 배기 핏과 보이프렌드 핏은 테이퍼드 핏에 여유를 많이 주고 밑위길이를 올린 것이라 보면 된다. 재미있지 않은가? 매 시즌마다 새롭게 출시되는 핏에 원단과 워싱까지 더해져 무수한 조합의 청바지 세계가 열리게 되니 말이다.

홈쇼핑에서 청바지를 매 시즌 판매하며 살펴본바, 사람들은 청바지의 브랜드나 밑위길이, 밑단 너비 등의 유행에 은근히 민감하다. 시즌마다 조금씩 달라지는 청바지의 디자인과 핏은 우리가 해마다 청바지를 새로 구입하게 한다. 하지만 변하지 않는 단 한 가지 사실은 어느 시즌에서도 청바지는 소외된 적이 없다는 것이다. 우리는 비슷해 보이지만 또 조금은 다른 디자인을 찾아 끊임없이 새로운 청바지를 쇼핑한다. 그리하여 언제나 청바지는 예외 없이 유행 중인 것이다.

나 역시 끊임없이 청바지를 사면서 자랐다. 게스 청바지와 함께 사춘기를 보냈고 닉스 청바지와 함께 대학에 입학했다.

지금에 와서 돌이켜 보면 20대의 나는 나이 든 사람들이 청바지를 입는 걸 못마땅해했었다. 대학생인 나는 돈이 없어서 그렇다 치고 왜 나이 든 사람들이 좀 더 우아하고 여성스러운 옷을 입지 않고 청바지를 입고 다니는지 도무지 이해할 수 없었다. 내가 나중에 나이가 들어 엉덩이가 꺼지고 뱃살이 늘면 미련 없이 청바지는 작별하겠다고 호언장담했던 시절이었다. 하지만 40대가 넘어가고 체형도 조금씩 바뀌는 지금, 청바지는 내게 여전히 놓을 수 없는 옷이다. 변명하자면 솔직히 청바지만큼 몸에 배어 익숙해진 옷이 없다. 오래 입은 낡은 청바지는 심지어 내 체형에 맞게 늘어나 더 편하게 느껴지니 '이만하면 오래 입었으니 그냥 버릴까' 하다 가도 도로 제자리로 집어넣는 일이 부지기수다. 청바지를 입는 일은 이미 내게 오랜 습관이 되어버렸다.

아침에 일어나 머리가 맑지 못해 무엇을 입어야 할지 도통 생각이 나지 않는다면 내가 좋아하는 청바지를 입고 거기에 무엇을 걸칠지 결정하는 수순으로 외출 준비를 마친다. 맘에 드는 청바지에 스트라이프 티셔츠와 운동화 정도면 그대로 근사한 외출 룩이 되어주는 데다가 모처럼 차려입은 트위드

40대가 넘어가고
체형도 조금씩 바뀌는 지금,
청바지는 내게 여전히
놓을 수 없는 옷이다.

재킷이나 모피 같은 화려한 아이템조차 데님을 만났을 때가 가장 담백하면서도 스타일리시하게 보이니, 결국 만만한 게 청바지다.

뻔한 옷도 뻔하지 않게 스타일링 해주고 다릴 필요조차 없으며 때도 덜 타는 옷, 낡으면 낡은 대로, 늘어나면 늘어난 대로 예뻐 보이는 이 대견한 물건과 굳이 헤어져야 할 이유가 무엇이란 말인가? 쓰다 보니 지독한 청바지 예찬론자가 된 나를 발견한다. 나이를 먹고 주름이 늘어 더는 청춘이 아니라는 이유로, 혹은 예전보다 청바지 핏이 전처럼 예쁘지 않다는 이유로 포기하기엔 청바지가 차지하는 내 인생의 지분율이 너무 높다. 확대 해석이라 할 수 있겠지만, 청바지를 포기하는 것은 엄마가 진주목걸이를 나에게 건네주던 순간처럼 '나의 시대'가 지나갔음을 인정하는 것과 같은 느낌이라고 할까? 5천 원, 만 원 하던 용돈을 모아 입고 싶은 청바지를 사서 입으면서 시작된 나의 시대가 아직은 계속되고 있음을, 누구보다 오래오래 청바지를 입으면서 우겨보고 싶다.

진짜 클래식을 원해?

마침내
트렌치코트

클래식 트렌치코트는 어느 날 우연히 다시 들은 바흐의 음악과 같은

감동을 준다. 그렇기에 내가 가진 트렌치코트에 대한 기준은 언제나

확고하다. 이왕이면 가장 클래식한 디자인으로 골라야 한다는 것.

베이지색 더블버튼 트렌치코트를 대충
여미고 허리끈을 질끈 묶어 몸을 감싸면, 한창 감수성이 예민했던
시기에 보았던 영화 〈러브 어페어〉 속 아네트 베닝의 짧은
곱슬머리가 떠오른다. 안타깝게도 그 영화 이후 나는 그녀가 맡은
다른 캐릭터에 좀처럼 몰입하지 못했다. 60대의 아네트 베닝을
히어로 영화에서 마주할 때조차 나에게 그녀는 여전히 약혼자를
두고 우연한 사랑에 빠진 안타까운 여인이었다.

트렌치코트에 스카프를 대충 둘러 감으면서 항상 나도 모르게
따라 하게 되는 건 영화 〈만추〉에서 시종일관 클로즈업되던
탕웨이의 지친 듯 우수에 찬 표정이다. 솔직히 말하자면 이
영화는 탕웨이의 바람에 날리는 머리카락과 커다란 트렌치코트
외엔 기억에 남는 것이 별로 없다. 대신 그 잔상이 어찌나 컸던지
지금도 오버 사이즈 트렌치코트를 입을 때면 항상 머플러를 하나

감고 바람 부는 거리로 나서야 할 듯한 생각이 들 지경이다.

이렇듯 나에게 트렌치코트는 영원히 여주인공의 옷이다. 영화 속에서 트렌치코트를 입은 여자들은 갑작스레 운명 같은 사랑에 빠지고 말할 수 없는 비밀을 간직한 채 누군가에게 쫓긴다. 깊은 슬픔에 잠겨 눈물을 흘리기도 하고 악역을 향해 총구를 겨누기도 한다. 매력 넘치는 전문직 여성을 표현하는 장면에서조차 그녀들은 종종 트렌치코트를 입고 있다.

놀라운 것은 수많은 장르의 영화 속에서 트렌치코트는 매번 사람들의 눈을 주인공에게 집중시키는 마법을 부린다는 사실이다. 탕웨이나 아네트 베닝뿐 아니라 〈티파니에서 아침을〉의 오드리 헵번이 그랬고 〈베를린〉의 전지현이 그랬다. 이쯤 되면 트렌치코트는 단순히 배우가 입는 의상이 아니라 하나의 상징적인 오브제라고 봐도 좋을 것이다.

생각해보면 트렌치코트만큼 우리 날씨에 안 맞는 옷도 없다. 1년 중 입을 수 있는 기간이라 해봐야 기껏해야 한두 달쯤. 적당히 선선한 날씨에 바람이 살짝 불어주면 드디어 트렌치코트를 꺼내줘야 하는 날씨다. 비가 오락가락 하는 날이라면 더욱더 완벽하다. 하지만 치렁치렁한 길이 탓에 폭우나 긴 장마에는 편히 걸치고 나가기에 도무지 적합하지 않은 옷이다. 이 옷에 맞춘 최적의 날씨라는 게 과연 365일 중 며칠이나 될까?

봄가을도 점점 짧아지는 마당에 굳이 트렌치코트를 몇 벌씩 구입하는 게 맞는 일인지 모르겠다. 그럼에도 불구하고 트렌치코트만이 줄 수 있는 분위기는 도무지 대체할 만한 품목을 찾을 길이 없고 베란다에 나가 맡은 아침 공기가 선선하다 싶은 날이면 기를 쓰고 트렌치코트를 차려입고야 만다. 그런 날에는 없던 약속이라도 만들어 트렌치코트를 입을 수 있는 시간을 연장한다. 트렌치코트를 사랑하는 사람이라면 모두가 공감하지 않을까? 과연 전 세계 사람들의 사랑을 받기까지 트렌치코트에는 어떤 사연이 있었던 걸까?

두 번의 세계대전이 끝나고 세상엔 수많은 불멸의 물건이 탄생했다. 마침내 전쟁이 종식되고 군대라는 안정적인 수요가 사라지자 군수산업체 물자가 남아돌게 되었다. 냉혹한 살상의 현장에서 생존경쟁력을 위해 개발되고 보급되던 물자는 고스란히 보통 사람들의 일상으로 스며들었다. 전시에 어디든 밀고 들어갈 수 있도록 튼튼한 사륜구동 기술을 기반으로 개발된 4WD 지프차가 지금은 SUV 차량으로 레저에 적합하게 변이되었고,

비행 시 공군의 시력 보호를 위해 개발된 레이밴 선글라스는
오늘날 자외선을 차단하기 위해 쓰는 패션 소품이 되었으며,
제2차 세계대전에서 미군을 먹여 살리던 스팸은 한국전쟁 이후 흰
쌀밥 위에 김과 함께 얹어 먹고 맛있는 부대찌개를 끓여내는 데
빼놓을 수 없는, 우리 밥상의 별미가 되었다.

전쟁이 패션에 미친 영향은 더욱 지대했다. 견장과 넓은
어깨, 더블버튼이 달린 군복의 디테일은 샤넬이나 이브 생로랑의
딱 떨어지는 더블 브레스트 롱 재킷이나 피코트를 탄생시킨
원천이기도 하다. 이렇게 전쟁의 폐허를 딛고 피어난 슬프고도
아름다운 물건 중 하나가 바로 우리가 사랑하는 트렌치코트다.

트렌치Trench란 '참호'를 의미하는 말 그대로 제1차 세계대전
당시 장교들이 참호에서 입었던 코트를 일컫는다. 계급이 낮으면
입을 수 없었던 이 옷은 추위와 오염, 비를 막으면서도 남성미를
강조하는 멋스러움이 있었다. 트렌치코트에 쓰이는 개버딘
원단을 처음 만든 토마스 버버리가 1891년 영국 런던 해이마켓에
첫 버버리 매장을 오픈한 이후, 개버딘 레인코트는 꾸준히
사랑받았다. 에드워드 7세 국왕이 개버딘 레인코트를 찾으며 "내
버버리를 가져오라"고 말했다고 하는데 그 덕인지 '버버리'는
레인코트를 대표 명사로 자리매김했다. 이후 원단기술이

발달하고 제2차 세계대전까지 겪어내며 군인, 탐험가, 비행사, 등반가에게까지 사랑받는 실용성 넘치는 옷이 되었다. 그렇게 트렌치코트의 기능은 점점 진화했다.

중요한 것은 남자들은 전쟁이 끝나고 일상생활에서도 트렌치코트를 계속 입었다는 사실이다. 높은 신분임을 나타내는 아이템인 동시에 남성적인 매력과 실용성을 두루 갖춘 탓에 군복무가 끝난 장교들 사이에서도 인기가 있었고 남성미와 용맹함을 상징하는 이 물건은 사람들의 이목을 집중시켰다. 그러다 영화 〈애수〉의 비비안 리와 〈티파니에서 아침을〉의 오드리 헵번이 트렌치코트 패션으로 등장해 '여주인공의 옷'이라는 이미지에 정점을 찍으며 트렌치코트는 오늘날 여성들의 옷장 속 빼놓을 수 없는 계절 아이템이 되었다. 재미있지 않나? 남성성의 상징이었던 트렌치코트가 지금은 여성성의 상징으로도 통하니 말이다.

이때 개발된 패턴과 원단, 작은 디테일의 원형과 실용성은 현재까지도 이어진다. 개버딘 원단, 트렌치코트 안에 수류탄이나 탄약 등을 걸도록 넣어준 D링 장식, 장총의 개머리판이 닿아도 쉽게 마모되지 않게 달아준 가슴의 패치 원단, 보온성을 위해

달아준 손목 벨트와 더블 브레스티드(이중 여밈), 빗물이 바닥으로 떨어질 수 있도록 한 망토 형태의 더블 요크, 팔을 돌리기 쉽게 만든 래글런 소매 등. 이런 디테일은 전쟁이 끝난 지금 필요 없는 것들이지만, 아직까지도 트렌치코트의 상징과도 같이 끈질기게 존재한다. 트렌치코트를 만드는 디자이너는 늘 고민에 빠진다. 인기가 식지 않는 품목이기에 신상품을 내놓지 않을 수도 없고 디자인의 원형이 정해진 물건이기에 과도하게 변형할 수도 없으니 신상품을 출시해도 늘 거기서 거기로 보인다는 것이다. 좀 더 여성스럽게 보이고자 손목에 벨트나 어깨의 견장을 없애거나, 옷을 가볍게하기 위해 등쪽의 케이프 장식을 삭제해보기도 하지만, 다양한 시도를 해보면 금방 깨닫게 된다. 클래식한 트렌치코트의 요소들을 한두 가지 삭제하다 보면 그 고유의 매력을 순식간에 상실한다는 것을 말이다. 그리하여 클래식한 디자인의 트렌치코트는

다양한 패션의 변주 속에서도 오래 사랑받으며 살아남을 수 있었다.

음악을 전공한 지인은 이런 말을 한 적이 있다. 세상에 무수히 쏟아져 나오는 트렌디하고 새롭다는 음악을 수없이 듣다가 문득 구석에 묵혀두었던 바흐 CD를 틀던 순간, 지금껏 시도했던 모든 새로운 음악이 고리타분하게 느껴지고 바흐가 쌓은 정교한 클래식함과 참신함에 고개를 조아리지 않을 수 없다고 말이다. 클래식 트렌치코트는 어느 날 우연히 다시 들은 바흐의 음악과 같은 감동을 준다. 그렇기에 내가 가진 트렌치코트에 대한 기준은 언제나 확고하다. '이왕이면 가장 클래식한 디자인으로 골라야 한다'는 것이다.

아침잠이 많고 타고난 올빼미형인 나는 심야에 잠을 이루지 못할 때가 꽤 있다. 그럴 때면 어김없이 홈쇼핑 재방송을 여기저기 채널마다 돌려보곤 하는데 어느 밤, 떡하니 버버리의 트렌치코트를 판매하고 있는 내 모습을 마주쳤다. 그날따라 한참을 바라봤다. 화면 속의 나는 심플한 블랙 팬츠에 베이지색 버버리 켄싱턴 롱 코트를 입고 있었다. 별다른 장신구 없이 단정하게 단추를 닫아 입고 나온 트렌치코트 차림이 꽤 괜찮아 보인다고 생각하는 순간, 화면 속 주인공은 나를 똑바로 바라보며 입을 뗀다.

"여러분은 살면서 트렌치코트를 몇 번이나 사보셨어요?
트렌치코트의 매력을 사랑하는 사람이라면 마지막엔 결국
버버리의 트렌치코트를 사 입게 되어 있다고 하죠. 우리가
태어나기 전부터 시작되었고 우리의 삶이 끝나는 날까지 바뀌지
않을 옷. 이런 걸 두고 우리는 클래식이라고 합니다."

대체 불가,
화이트 셔츠

단추를 두세 개 풀어 목선이 길어 보이도록 뒤로 살짝 젖혀 입은 뒤

소매를 큼직하게 두어 번 걷어 입으면 소위 '옷 좀 입을 줄 아는

사람'으로 보일 수도 있으니 일석이조다. 또한 순면 소재의 깃이

빳빳하게 살아 있는 클래식한 남성 셔츠는 실패하지 않는 안정적인

완성도를 보장한다.

화이트 셔츠만큼 성가신 옷이 또 있을까? 짜장면이나 짬뽕 등 색이 진한 음식을 먹을 때면 앞치마를 찾게 되고, 앞치마를 해도 꼭 가리지 않은 쪽에 튀는 머피의 법칙이 적용되는 옷. 빨 때도 따로 모아 단독 세탁해야 하는 것은 물론이요, 손목이며 목 뒷부분은 따로 세제를 뿌리는 수고로움까지 감수해야 한다.

세탁 후 보송보송하게 마르고 난 뒤엔 물을 뿌려 뜨거운 김에 칼각으로 다려줘야 입을 때 폼이 나는, 이 예민하고 까다로운 옷을 나는 왜 옷장에 가득 채우는 것일까? 이 귀찮은 과정을 거치지 않기 위해 그간 세탁소에 투자한 시간과 돈이 얼마인지 생각해보면 제발 화이트 셔츠 없이 살고 싶다는 생각마저 든다. 그런데도 자꾸만 손이 가는 옷, 이번엔 화이트 셔츠에 대해 이야기해보려 한다.

그나마 다행인 점은, 내가 유일하게 좋아하는 집안일이 바로 다림질이라는 거다. 밖에 나가 쉼 없이 바쁘게 움직이는 쪽이 낫지, 청소나 빨래 등에는 딱히 재능이 없는 내가 진정으로 즐길 수 있는 단 하나의 가사노동이다. 내 하루 일과 중 가장 평온하고 정갈해지는 시간이기도 하다. 으슬으슬 한기가 드는 어느 겨울날 저녁이면 나는 마치 도를 닦는 수도승처럼 차분한 모습으로 다리미판 앞에 선다. 구겨진 셔츠를 납작하게 펴 눕히고 충분하게 물을 뿌린 후 뜨겁게 달아오른 다리미 열판을 지그시 갖다 대는 순간, 축축히 젖은 셔츠와 맞닿은 다리미 열판이 '치이이익' 하는 뜨끈한 환호성을 내지르기 시작한다. 그리고 머릿속으로 천천히 숫자를 세며 느릿하게 다리미를 밀어주면 다리미가 지나간 자리는 마법처럼 반듯해지고 셔츠 위로 후끈한 열기를 머금은 수분이 훅 하고 날아오른다. 그 순간, 방 안엔 내가 좋아하는 구수하고 촉촉한 냄새가 가득해진다. 어린 시절을 떠올리게 하는 추억의 냄새. 이 냄새를 맡을 때마다 나는 어린 시절 시장에서 사 먹던 찐빵이 떠오른다. 주인 아주머니가 커다란 솥의 뚜껑을 번쩍 들어올리면 희뿌연한 김이 한꺼번에 공중으로 날아오르며 내 시야를 뿌옇게 감싸곤 했다. 몇 초 뒤에 드디어 모습을 드러내는, 탐스러운 찐빵의 자태! 그 촉촉하고 달큰한 공기가 코앞에 한동안 머물다 허공으로 사라져가던 기억은 피곤한 일과를 마친 나를 자꾸만 다리미 판 앞으로 데려가게 했다. 다림질의 마지막 과정은 셔츠에 남아 있는 약간의 수분이 마저 날아가도록 두면서 구김을 펴둔 모양이 잘 잡히도록 기다리는 것이다. 옷걸이에 주렁주렁 걸린 셔츠들이 바삭해지는 과정을 지켜보고 있노라면 방금 장 봐온 재료를 냉장고에 꽉꽉 채운 듯 보고만 있어도 배가 부르다.

지난 20년간 숱한 방송을 진행하면서 내가 제일 많이 입은 옷을 꼽으라면 단연 화이트 셔츠이다. 그만큼 화이트 셔츠에 애착이 강하다. 특히 청바지를 소개하는 방송을 할 때면 열에 아홉은 화이트 셔츠를 입는데, 청바지의 색감과 실루엣을 가장 돋보이게 만들기 때문이다. 얼마 전에는 유명 쥬얼리 브랜드의 다이아 목걸이 방송을 앞두고 어떤 의상을 입을 것인지 엠디, 피디와 머리를 맞대고 고민했다. 유난스럽지 않으면서 계절에 구애받지 않는 깔끔한 옷차림이 필요했다. 아무리 고민을 해봐도 이렇다 할 대안이 떠오르지 않았다. 끈질긴 토론 끝에 마침내 의견을 모았다. 화이트 셔츠가 아닌 다른 완벽한 대안은 떠오르지 않았으므로.

이쯤 되면 지겨울 법도 하건만 어쩌다 강의나 인터뷰

요청이라도 받게 되면 나도 모르게 화이트 셔츠를 다리고 있으니 그야말로 어떤 아이템과도 대체 불가한 존재감이다. 물론 내가 일주일에 한두 번씩 화이트 셔츠를 입게 된 중요한 이유 중 하나는 매번 부지런한 스타일리스트가 세탁하고 다림질해주는 덕분일 것이다. 앞서도 말했지만, 화이트 셔츠는 손이 참 많이 간다. 그렇기에 19세기까지 본디 귀족들의 속옷으로나 접할 수 있던 것이 아니던가? 산업혁명으로 늘어난 사무직을 노동자 계층에 반대되는 개념으로 '화이트 칼라'라는 단어로 부르기 시작하며 전환점을 맞이하게 된 것은 분명 화이트 셔츠의 까다로운 관리법이 한몫을 했다고 생각한다. 아이템의 특성상 잦은 오염으로 자주 세탁해야 하고 그만큼 여러 벌을 가지고 있어야 하는 옷이기에 결국 화이트 셔츠를 입는다는 것은 새로운 계급과 부를 표현하는 수단이 되었다. 1800년대에 화이트 셔츠를 단독으로 입는다거나 밖으로 꺼내 입고 다니는 것은 마치 오늘날 러닝셔츠만 입고 거리를 활보하는 사람처럼 다소 무례한 인상을 주는 것이었다고 한다. 그 관리하기 까다로운 셔츠를 보이지 않는 언더웨어로만 입었다니 대단한 정성이 아닌가. 그렇기에 반듯하고 깨끗한 화이트 셔츠는 부지런함의 상징이 되었다. 광고에서 잘 다려진 화이트 셔츠를 정갈하게 입은 사람들이 자주 등장하는 것도 이런 이유일 것이다.

지금은 톱 남배우와 결혼한 어느 예쁜 여배우가 찍은 크림치즈 광고는 잘 다려진 하얀 셔츠를 입은 사진으로 유명하고, 명품 화장품 광고를 찍은 국민 첫사랑 배우도 자세히 보니 화이트 셔츠를 입고 있다. 단추를 두세 개씩 풀고 입어 여성스러움과 섹시함을 부각하고 화이트 셔츠에 걸맞은 옅은 메이크업만으로 깨끗하고 정돈된 매력을 강조한다. 여기에 화이트라는 컬러의 깔끔함이 손에 든 제품으로 시선을 집중시키는 역할까지 야무지게 소화하니, 광고계에서 활발히 활동하는 스타일리스트라면 어느 촬영장이든 화이트 셔츠 몇 벌은 무조건 지니고 있어야만 한다.

내가 입는 화이트 셔츠의 비밀 중 하나는 종종 의상실에서 남성 쇼호스트를 위해 구비된 화이트 드레스셔츠를 골라 입는 것이다. 남성용 셔츠는 소매가 길고 어깨가 넉넉해 모든 평범한 옷차림을 한 단계 세련된 인상으로 바꿔준다. 단추를 두세 개 풀어 목선이 길어 보이도록 뒤로 살짝 젖혀 입은 뒤 소매를 큼직하게 두어 번 걷어 입으면 소위 '옷 좀 입을 줄 아는 사람'으로 보일 수도 있으니 일석이조다. 또한 순면 소재의 깃이 빳빳하게 살아

있는 클래식한 남성 셔츠는 실패하지 않는 안정적인 완성도를
보장한다.

　빳빳하든 부드럽든, 살짝 비치든 자카드로 짜여 있든
대부분의 화이트 셔츠는 거드는 액세서리 없이 언제나 그만의
매력으로 승부해왔다. 청바지를 입든, 블랙 스커트를 입든, 심지어
하의 없이 드레스셔츠 한 벌만 입든 늘 존재감을 제대로 뽐낸다.
긴 시간 화이트 셔츠를 사랑하며 수없이 많은 품목을 쇼핑해본
결과, 깨끗한 백색의 면 셔츠는 역시 '새것'의 상태가 가장
완벽하다는 결론을 내렸다. 그렇기에 값비싼 화이트 셔츠를 오래
입는 것은 추천할 만한 일이 못 된다. 나 역시 자라나 코스 같은
브랜드의 화이트 셔츠를 매해 한두 장씩 소모품으로 구매한다.
안타깝지만 화이트 셔츠도 유행을 타는 품목이라 깃의 모양,
품, 어깨선의 위치, 전체 길이 등이 조금씩 달라지고 어차피 그
깨끗한 흰색의 수명이란 1, 2년에 불과하기 때문이다. 색상을 밝게
지킨다는 이유로 표백제를 자주 사용하면 옷의 질감이 쉽게 변해
화이트 면 셔츠 특유의 적당히 사각하고 빳빳한 모양이 영 살지
않으니 결국 옷은 금방 상해버린다. 몇 번의 시행착오로 예뻤던
셔츠의 급격한 변화를 경험하고 나면, 결국 화이트 면 셔츠의
수명이 짧다는 잔인한 사실을 받아들이게 된다.

화이트 셔츠가 굳이 비쌀 필요가 없다는 논리를 펴는 나지만 그래도 어쩌다 아울렛에 갈 때만큼은 디자이너 브랜드의 질 좋은 새 화이트 셔츠를 건지는 것에 혈안이 된다. 극적인 실루엣이나 디자이너만의 독특한 디테일을 자랑하는 화이트 셔츠는 어지간한 드레스보다 특별한 날에 입기에 완벽한 물건이다. 물론 쉽게 낡고 변색되는 물건인 만큼 고가에 구매하기 부담스러워 세일을 노려 사 모으는 수밖에 없기에 나는 종종 순전히 화이트 셔츠를 건지기 위해 아울렛에 가기도 한다. 단언컨대 화이트 셔츠만큼 내가 강렬하게 기대게 되는 옷도 세상에 없기 때문이다.

만약 어느 편집 샵 세일 코너에서 흰 셔츠를 뒤지는 데 푹 빠져 있는 키가 껑충한 어떤 여자의 뒷모습을 본다면 내기를 해도 좋다. 틀림없이 그 여자는 임세영이다.

Part 3

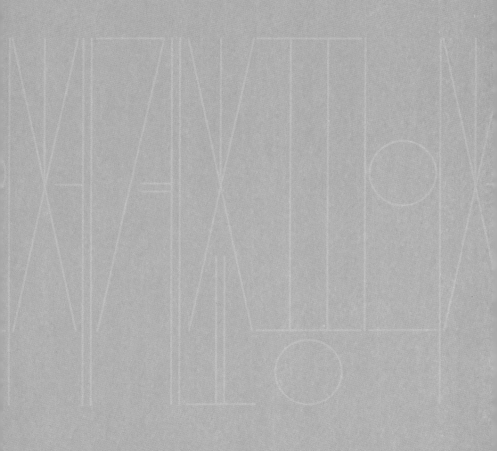

살고 사랑하고 쇼핑하고

악어가죽 백은 왜 비쌀까

가격의
진실

Part
3

쇼핑의 세계에서 값이 나가는 물건일수록 등급은 더 복잡하고

세밀해진다. 세분화된 등급은 높은 가격을 소비자에게 설득하는

수단이자 '가치가 검증된 물건을 샀다'고 안심하게 만드는 기저가 된다.

수년 전 파리에 갔을 때였다. 한국에서 구하기 어렵다며 친구가 부탁한 지갑을 하나 사다 주려고 샤넬 본점에 들렀는데 가죽 코너 매장 직원의 절반쯤이 어느 VIP 한 명을 응대하는 데 매달려 있는 것이 아닌가. 그다지 손님이 북적거리는 것도 아니었건만 옆자리 소파에 앉아 한참을 말 한마디 못하고 기다리고 있자니 적잖이 소외감이 느껴졌다. 명품 브랜드의 본점까지 와서 홀대를 당한다는 생각에 잠시 화가 치밀기도 했지만, 이미 흘러간 시간이 억울하기도 하고 그 VIP 중국 여인의 쇼핑 과정이 꽤 흥미롭기도 해서 지켜보다 보니 한 시간이 훌쩍 넘었다. 무척 화려한 차림새의 여인은 마디마디 반짝이는 장신구를 매단 손으로 연신 가방들을 가리키고 있었다. 다리를 꼬고 앉아 특피로 제작된 샤넬의 클래식 백들을 색상과 크기별로 테이블에 주르륵 세워놓고 내가 알아듣지 못할

중국어로 무언가를 계속 요구하는 듯했다. 고백건대 그렇게
많은 양의 악어가죽 샤넬 클래식 백을 본 건 처음이었다. 나는 그
진귀한 물건들을 멀찌감치 서 구경하는 것만으로 시간 가는 줄을
몰랐다. 심지어 일행으로 오인한 어느 점원이 주고 간 샴페인까지
홀짝이다 보니 나중에는 내 가방을 쇼핑하는 기분까지 들어서
어느 것이 더 아름다운지 참견하기에 이르렀다. 혼자 쇼핑을 온
중국 여인도 내 참견이 싫지만은 않았는지 생면부지의 나에게
의견을 묻기 시작했고 한참 만에야 악어가죽 백 두 가지를
결정하고 일어났다. 그녀의 쇼핑을 참관한 후 친구가 부탁한
지갑 하나를 작은 쇼핑백에 사 들고 호텔로 돌아오며 머릿속으로
어림잡아 계산해보니 그녀가 치른 가방 값은 우리 돈으로 5천만
원이 족히 넘었다. 구체적으로 환율을 따져 가격을 떠올리고 나니
그제야 내 눈앞에 놓여 있던 물건들이 신기루처럼 느껴졌다.

　재작년쯤 샤넬은 특수가죽 사용의 윤리적인 문제를 언급하며
악어가죽 제품의 생산을 중단하겠다고 선언했다. '아, 패션계의
변화가 이렇게 시작되는구나' 하는 반가움이 먼저 들었지만, 나도
모르게 마음 한구석에는 '이제 나에게는 기회가 없겠구나'라는
아쉬운 생각이 든 것도 사실이었다. 어쩌면 그 수년 전 샤넬
본점 문을 밀고 나오며 '언젠가는 나도……'라는 생각을 잠시나마

했는지도 모르겠다.

　　악어가죽. 나에게는 이렇게 남을 위한 물건을 고르다가 먼저
접한 세계다. 그런데 과연 악어가죽이 특별하고 귀한 것이라는
생각은 대체 어디에서 왔을까. 일반 가죽과 다른 '특피'라는
카테고리 안에서도 뱀피, 타조피의 명성과 가격을 가뿐히
뛰어넘는 이 특별한 종류의 가죽. 에르메스의 3만 유로가 넘는
버킨 백, 또는 콜롬보나 콴펜 같은 전문 브랜드로 우리에겐 그저
'비싸고 특별한 것' 정도의 이미지를 가진 듯하다. 한 번쯤은
제대로 알아보고 싶지 않은가. 가격이 비싸서 마냥 특별하다고
느끼는 건 아닌지, 드높은 동물 보호의 목소리 속에서도 왜 그토록
비싼 가격에 판매되어야 하는지 말이다.

　　먼저 악어가죽이 어떻게 생산, 유통되는지 알고 나면
이 치열하고도 우아한, 한편으론 잔인하기도 한 아름다움을
이해하는 데 도움이 될 것이다. 루이비통, 에르메스와 같은 초고가
명품으로 알려진 악어 제품들은 주로 뱃가죽을 사용해 제작한다.
그런데 알다시피 악어는 습지에 배를 쓸고 다니는 동물이
아니던가. 배에 상처나 흠집이 있으면 그 가죽은 무용지물이기에,
고가의 브랜드와 거래하는 악어 농장주는 물을 채워 넣은 매끈한

대리석 바닥의 청결한 양식장에서 정성을 다해 키운다. 영양
상태가 좋은 악어일수록 피질이 좋으므로 사육 비용은 말할
것도 없고, 악어끼리 세력 다툼을 하다 가죽에 해를 입을 수도
있기에 연령별로 분리한 후 이빨과 손발톱을 깎아주는 등 극도의
주의를 기울인다. 스트레스받지 말라고 클래식까지 틀어준다고
하니 최상의 악어가죽을 얻기 위한 노력은 상상을 뛰어넘는다.
LVMH와 같은 글로벌 명품 브랜드가 악어농장을 인수한 것도
사육 단계에서부터 질 좋은 피혁을 얻기 위해서다. 악어백을
구매하는 소비자는 악어 사육 단계부터 관리, 유지, 공정비를 함께
구입하는 셈이다.

　　듣기만 해도 놀라운 악어가죽의 프리미엄이 여기에서
끝난다면 오산이다. 이렇게 귀하게 얻어낸 가죽이기에 전문
기술자가 아니면 제품을 만들 수 없다. 당연히 여기엔 높은
인건비가 추가된다. 연약한 뱃가죽은 일반 소가죽이나 양가죽에
비해 내구성이 약하며 구겨질 염려가 있다. 만드는 중간에도
오염이나 흠집이 생길 수 있으므로 숙련된 기술자만이 제품을
제작할 수 있다. 소가죽은 복원력이 좋아 오일을 바르면 거친
표면도 다시 부드럽게 살아나지만, 악어는 한번 망가지면
되살리기 어렵다. 유광 악어가방의 경우 제작 중 손때를 타게

되면 지문이 생기고, 그로 인해 표면이 탁해지면서 광이 없어질
수 있기 때문에 손이 직접 닿지 않아야 하는 고난도의 작업을
거쳐 생산된다. 그러나 아무리 주의를 기울여도 공정 과정에서
불가피하게 불량품이 나올 수밖에 없으니, 이에 대한 보험 비용
또한 소비자에게 청구되는 금액에 포함되는 셈이다.

　심지어 악어는 개체 수가 많지 않은 멸종위기의 동물이기에
수출입을 할 때는 사이테스CITES(멸종위기에 처한 야생 동식물의
국제거래에 관한 협약)라는 엄격한 협약 하에 가죽 한 장 한 장
넘버를 붙여 관리한다. 사이테스는 국제적으로 보호해야 할
동식물을 지정하여 불법 거래를 금지하고 과도한 국제거래로
인해 발생하는 동물의 멸종위기를 막기 위한 노력의 일환으로
시작되었으며 상거래 가능한 품목과 수량을 조절한다. 생산 비용,
제작과 가공 비용은 물론이고 여기에 관세와 유통 비용 또한 매우
높으니 결과적으로 가죽의 가격이 몇 단계로 오를 수밖에 없다.

　결국 고도의 관리 체계와 생산 등급이 필연적으로 따라붙는
물건은 공급량이 수요량보다 적을 수밖에 없다. 좋은 악어가죽이
그토록 높은 가격으로 판매되는 이유는 한마디로 '희소성'
때문이라고 할 수 있다. 희소하면 희소할수록 명품의 세계에선
빛을 발한다. 악어가죽은 귀한 것, 그래서 더 가치 있는 것이라는

공식. 이런 공식이 적용되어 등급을 나누는 제품은 악어가죽 외에도 더 있다.

최고의 보석으로 불리는 다이아몬드도 대표적인 등급제 상품이다. 먼저 다이아몬드 평가의 중심이 되는 '4C'의 내용이 나오는 감정서를 어디에서 받느냐에 따라 첫 번째 가격 차이가 벌어진다. 상위 보석감정원의 평가는 신뢰도가 높다. 버진, GIA, 우신 등 전문 감정원의 감정을 받았다는 증명서가 발부된 다이아몬드는 다른 다이아몬드보다 높은 평가를 받는다. 이런 공인된 기관의 감정서에서 중심으로 다루는 기준으로는 4C를 기억하면 된다. 24개 등급의 색상Color, 11개 등급의 투명도Clarity, 5개 등급의 연마 상태Cut, 중량Carat을 의미하는 지표다. 색깔이 없을수록, 잡티 없이 투명할수록, 이상적인 각도로 깎여 있을수록, 크기가 클수록 가격이 치솟는다고 보면 된다. 그래서 다이아몬드를 처음 사러 가면 그 복잡한 등급표에 일단 놀란다. 그러고는 고가의 물건인 만큼 되도록 높은 권위를 가진 보석감정원의 좋은 등급의 제품을 구입하기 위해 절치부심하게 될 것이다.

권위 있는 기관을 통해 등급이 명확하게 분류되는 것은 모피도 마찬가지다. 모피 중에서도 고가로 분류되는 폭스, 밍크,

친칠라, 세이블 등은 유명 옥션을 통해 거래된다. 가장 대표적인 옥션으로는 나라별로 캐나다의 NAFA, 핀란드의 SAGA, 미국의 ALC , 유럽의 KOPENHAGEN FUR가 있고, 이 네 가지 모피 옥션은 해당 지역의 농장에서 모피를 제공받아 경매를 진행한다. 각 경매에서 품질을 평가받고 인증받은 모피는 까다로운 기준에 따라 다른 색상의 라벨을 부여받는다. 예를 들어 코펜하겐 퍼에서는 퍼플, 플래티넘, 버건디, 아이보리 순으로 라벨을 분류하며 긴 털과 속 털의 비율, 밀도, 윤기 등을 종합적으로 판단한다. 가장 높은 퍼플 등급은 매물 중 지극히 극소량만 받을 수 있으며, 주로 인지도 높은 유명 브랜드에만 판매된다. 그러니까 누가 등급을 매기느냐, 어떤 등급을 받았느냐에 따라 제품으로 나오기 전부터 모피의 가격은 어느 정도 결정된다. 좋은 등급에 개체 수가 적어 잘 나오지 않는 품종의 컬러까지 더해지면 가장 고가의 모피가 탄생한다고 보면 된다.

이렇게 쇼핑의 세계에서 값이 나가는 물건일수록 등급은 더 복잡하고 세밀해진다. 세분화된 등급은 높은 가격을 소비자에게 설득하는 수단이자 '검증된 물건을 샀다'고 안심하게 만드는 기저가 된다. 또한 더욱 높은 등급을 소유하고 싶은 사람들의 심리를 자극하며 가격 생태계를 조성한다. 수요와 공급 법칙에 따라 물건의 가격이 결정되는 시장 원리 속에서 희소성을 기반으로 한 물건의 '등급제'는 수요를 끊임없이 자극한다. 이게 바로 고가품이 가진 가격의 진실이다.

작년쯤 중국의 한 SNS에서는 '경제력에 따른 계급'에 대한 게시물이 화제가 되었다. 고학력자에 비교적 높은 연봉을 받는 금융권에서 일한다는 한 여성은 마음껏 체리를 사 먹을 수 없음을 근거로 자신이 6등급 정도의 경제 계급이라고 밝힌 것이다. 추가로 그녀는 스타벅스의 커피를 사 마실 수 있으면 5등급, 아이폰을 구매할 수 있다면 11등급, 언제든 내 집을 마련할 수 있다면 15등급이라고 설명했다. 많은 중국인은 이 물건의 기준에 따라 자신의 경제 계급을 댓글로 남기며 공감하기 시작했다. 이 게시물이 화제가 되자 '경제 카스트 제도'가 생겨날 만큼 중국 젊은이들의 취업난, 경제난이 얼마나 심각한지 지적하는 여론이 거세졌다.

나는 이 기사를 읽으며 어린 시절이 떠올랐다. 내가 어렸을 때만 해도 집에 자동차, 피아노, 에어컨이 있는지 등을 학교에서 조사하곤 했다. 왜 학교에서 학생들의 경제 사정을 파악해야 하는지는 모르겠으나, 아마 당시에는 그런 물건들이 경제적 수준을 가늠하는 척도가 되었을 것이다.

초고가의 물건을 소유하고자 하는 데는 그 물건의 가치를
알아보는 개인의 안목도 크게 작용하지만, 더욱더 높은 등급의
물건을 소유해 자신의 경제적 등급을 증명하고자 하는 욕구가
녹아 있다. 내가 하고 싶은 일을 어디까지 자유롭게 할 수
있는지가 바로 나의 경제적 등급이라면, 점점 더 값이 나가는
물건을 소유하거나 남들이 하기 어려운 여가를 즐기는 것이 나의
여유를 증명하는 길이 되는 것이다. 이것은 곧 쇼핑의 가장 큰
동기가 되곤 한다.

'내 나이엔 다이아몬드 하나쯤은 좋은 걸로 가져야지.'

'이왕 사는 거 오래 간직하려면 역시 등급이 좋아야 해.'

소비의 등급이 곧 나의 안목과 수준이 되고 동시에 경제적
등급이 되는 쇼핑의 세계. 나는 그 세계 안에서 사람들을 유혹하는
직업을 가지고 있다. 사치품으로 분류되는 패션 품목은 물론이고
사양이 높은 가전제품, 자동차, 심지어 육류, 과일에도 등급은
존재한다. 내 직업에서 높은 등급의 상세한 출생증명서를 가진
물건에 대해 '가격에 대한 명확한 근거를 가지고 있다'고 제시하는
것만큼 쉬운 접근은 없다. 등급을 설명하는 것만으로 대부분의

설득은 이미 이루어지는 탓이다.

언제나 그랬듯 소비자의 마음을 얻기 위해 정보의 파도를 수없이 넘나들다 보면 나조차도 거친 물살에 휩쓸려 유혹당하고 말 때가 수도 없이 온다. 쇼핑의 기술 등급으로 치자면 가장 꼭대기에 가 있어야 할 나야말로 그 기술을 얻기 위해 유혹과 욕망이 오가는 최전방을 배회하고 있기 때문이다.

용도는 내가 정할게

너의 정체

매일매일 새롭고 신기한 물건이 셀 수 없이 쏟아져 나오는 시대에,

쓸모가 없는 물건에 새 생명을 불어 넣는 일은 재미는 물론이고,

의미 있는 일인 듯하다. 특히 물건을 많이 사고 쓰는 게 직업인 나에게

쓸모가 없다 여겼던 물건의 새로운 쓰임새를 발견하는 일은 의외의

즐거움이다.

오랫동안 눈여겨봤던 프리츠
한센의 티테이블이 하나 있었다. 브랜드를 대표하는 디자이너 폴키에르홀름의 팬인 나는 몇 년간이나 가구점을 드나들며 이 테이블을 들이는 걸 고민했지만, 테이블의 다리 높이가 다른 테이블에 비해 너무 낮은 듯한 게 늘 마음에 걸렸다. 소파에서 팔을 너무 멀리 뻗어 어색한 자세로 커피잔을 들어올려야 하는 건 아닌지 책이나 꽃병 등을 올려두었을 때 불균형하게 보이지는 않을지 고민하다 보니 매번 구입을 미루게 됐다. 그렇다고 다른 제품이 눈에 들어오는 것도 아닌 상태로 어정쩡하게 티테이블 없이 신혼집에서의 몇 년이 맥없이 흘러버렸다. 이사하고 소파를 바꾼 뒤 이제 더는 불편함을 참을 수 없는 지경에 이르러서야 나는 프리츠 한센 매장에 다시 들렀다.

"저기…… 보통의 소파 높이에 비해서 이 테이블 다리가 너무 낮지 않을까요?"

　점원에게 질문을 던지자 그 대답이 기가 막힌다.

　"맞아요. 소파 위에 앉아 쓰기엔 너무 낮고요. 대신 소파에
등을 기대고 바닥에 앉아 커피를 드시기에는 아마 가장
편안하다고 느낄 높이에요."

　덴마크 사람인 폴 키에르홀름은 한국인의 좌식 라이프스타일을
어찌 알고 이런 낮은 테이블을 만들었단 말인가. 예리하고
센스 있는 점원이 찾아낸 획기적인 셀링 포인트는 의심 많은
쇼호스트조차 탄복시켰고, 그때 산 티테이블은 지금 우리 집 거실
한복판을 차지하고 있다. 예상대로 소파에 등을 기댄 채 앉아 맥주
한 잔을 기울이기에 높이가 딱이다. 아닌 게 아니라 항상 모자란

잠을 쪽잠으로 보충하는
나는 소파에 올라가 있을
때는 늘 길게 누워 잠을
청하기 일쑤이고 앉아
있어야 할 때는 반드시
바닥 러그로 내려와
양반다리를 해야 직성이
풀린다. 주변에 물으니

대부분의 가정에서도 비슷하게 쓰이고 있었다.

　　이렇게 본래의 목적이나 용도와는 다른 방식이지만, 그
나름의 요긴함을 확보하며 쓰이는 물건은 누구에게나 있다.
맥주와 와인을 즐겨 먹는 우리 집 취향에는 조금 맞지 않아 찬장
한쪽에서 수년째 자리를 차지하고 있던 백자 전통주 잔이 있다.
아침이면 얼굴이 자주 부어 고민이던 나는 어느 날, 무슨 생각이
들었는지 찬장에 고이 모셔놓았던 이 전통주 잔을 꺼내 거울 앞에
섰다. 마사지숍에서 본대로 얼굴에 오일을 몇 방울을 떨어뜨린
뒤 이 작은 잔의 입구로 얼굴을 10분가량 굴리며 밀어주었더니
신기하게 얼굴선 라인을 살아나기 시작했다. 속성 경락 마사지를
받은 듯 그럴듯한 셀프 처방이었다. 중국에선 찻잔처럼 생긴
도구를 이용해 마사지를 하는 괄사(꽈샤)라는 것도 있지 않은가.
이 잔은 백자로 만들어져 결이 곱고 가벼우며, 크기는 손에
쥐었을 때 적당한 그립감이 느껴지는 데다 둥그런 형태의 입구가
굴곡진 얼굴의 혈 자리를 꼭꼭 눌러주니 딱딱하게 굳은 근육을
풀어주기에 안성맞춤이었다. 부기 빼기에 효과를 본 이후 이 작은
술잔의 자리는 부엌 찬장이 아닌 안방 화장대가 되었다.

어린 시절 현관에 걸려 있던 아빠의 긴 구둣주걱은 아빠가
구두를 신을 때보다 우리 삼 남매의 손바닥을 때리던 엄마의
회초리로 훨씬 쓰임이 잦았다. 50cm쯤 되는 길이에 오크색
나무로 만들어진 구둣주걱은 끝으로 갈수록 납작하고 살짝
둥글게 휘어 있어 엄마가 개수를 세며 손바닥에 내리칠 때마다
찰싹찰싹 찰진 소리를 내며 달라붙었다. 엄마가 한 손으로
구둣주걱을 들고 다른 한 손에 착착 내리치며 잘못을 꾸짖을
때마다 그 소리가 어찌나 마음이 조여왔는지 모른다. 생각해보면
그리 세게 체벌을 하신 것도 아닌데 무언가 스스로 잘못했다고
느꼈을 때는 현관에 얌전히 걸려 있는 구둣주걱만 봐도
소스라치게 놀랐던 것 같다. 요즘은 자식을 체벌하는 부모가 거의
없는 듯하지만, 나의 시절만 해도 집집마다 도구는 달랐을지언정
말썽을 일으킨 자식에게 '사랑의 매'는 당연한 것이었다. 나이를
먹으니 이 또한 그리운 추억이 되었다.

찾아보니 잘 쓰지 않는 물건을 자신만이 사용할 수 있는
일상의 유용한 물건으로 탈바꿈시켜 사용하는 사람들이
이미 많았는지 이른바 '제품 해킹'을 해서 서로의 작업물을
공유한다는 커뮤니티가 있다. 처음엔 해킹이라는 단어가 주는

어감 탓에 부정적인 생각이 먼저 들었지만, 알고 보니 일반적인
색을 입히거나 소재를 덧씌우는 등 리폼의 영역을 넘어 물건의
재창조에 가까운 개념이었다. 다른 두 가지 제품을 결합해
제3의 제품을 만들어내기도 하고 기존 제품에 새로운 종류의
부품을 더해 전혀 다른 조립 방식을 시도하기 때문에, 제품이
가진 본연의 기능이나 특징을 해킹한다는 뜻이었다. 그중 가장
활발한 커뮤니티는 '이케아에 대한 해킹'이다. 각자의 공간 특성에
맞게 쇼핑하고 DIY 해볼 수 있는 브랜드의 정체성이 아마 제품
해킹을 시도하기 가장 적당하기 때문일 것이다. 구글에 '이케아
해킹'을 검색해보니 이케아 원형 나무 의자를 해킹해 만든 어린이
자전거나 작은 조명을 커다랗게
이어붙인 꽤 근사한 샹들리에
등이 쏟아져 나온다.

©IKEAHACKERS.NET
by Thomas Broen, Aalborg, Denmark

같은 맥락으로 요즘 내가
즐겨보는 〈5-Minute Crafts〉라는
유튜브 채널은 '꼭 이럴 필요가
있나' 싶은, 웃기면서도 기발한
제품 해킹 아이디어를 기반으로
콘텐츠를 제작한다. 불면증으로

고생하던 사람이 입지 않는 브래지어를 안대로 쓰고 편안하게
숙면을 취한다거나, 소개팅 5분 전 남동생이 입던 구멍 난
추리닝을 잘라 튜브톱으로 수선해 입고 나가는 등의 설정 속에
배우들의 뻔뻔하다 못해 진심인가 싶은 열연을 보는 재미까지
더해 인기를 끌었다. 현재는 주로 다양한 물건의 예상치 못한
활용법을 보여주며 7천만 명이라는 엄청난 숫자의 전 세계
구독자를 보유하고 있다. 분명 이 채널을 보고 신기하다며
깔깔대다가 따라 해보는 이가 있을 것이다. 그리고 그 과정에서
호기심과 모험심 가득한 누군가에 의해 새로운 히트작이
탄생하기 마련이다.

　　매일매일 새롭고 신기한 물건이 셀 수 없이 쏟아져 나오는
시대에, 쓸모가 없는 물건에 새 생명을 불어넣는 일은 재미는
물론이고 의미 있는 일인 듯하다. 특히 물건을 많이 사고 쓰는
게 직업인 나에게 쓸모가 없다 여겼던 물건의 새로운 쓰임새를
발견하는 일은 의외의 즐거움이다. 집 안을 슬쩍 둘러보니
제 용도는 아니지만, 곳곳에 배치돼 나를 위해 열일하는
돌연변이들이 눈에 띈다. 헤어 액세서리로 사용되는 철 지난
디자인의 스카프, 지금은 노트북과 키보드 등을 세워 수납하지만

본래 잡지 수납을 위해 태어난 매거진 랙, 메이크업 도구함이 된 홍차 브랜드의 틴케이스, 액세서리 보관함으로 변신한 사각 백 같은 물건들은 모두 처음엔 주먹구구식 대안으로 시작했으나 어느샌가 대체 불가한 물건이 되었다.

나처럼 물건과의 인연에 큰 미련이 없는 사람이 쓰지 않는 물건에 새로운 용도를 찾아주고 몇 년씩 더 함께 하고 있다는 걸 생각해보자니, 물건과 꽤 의미 있는 인연을 유지하고 있다는 감성적인 생각도 든다. 나에게만 특화된 물건의 쓰임을 찾는 즐거움이라니. 잘하면 맥없이 버려질 뻔한 한 물건의 목숨을 구한, 생명의 은인이 될 수도 있는 일이다.

VIP가
되려면

Part
3

VIP는 어디에서나 대접받는다. 잘해준다는데 싫은 사람이

어디 있겠는가. 사람은 대부분 그렇다. 나에게 잘해주는 상대에게

충성을 다하게 되어 있는 법이다.

오늘의 참석자는 다섯이라고 했다.

간혹 브랜드 마케팅 담당자의 의뢰를 받아 VIP 스타일링 클래스를 진행할 때가 있는데 참석 인원이 적을수록 더 높은 등급의 VIP를 상대하는 행사다. 이런 행사에서 내 역할은 간단하다. 주최 측이 세팅해놓은 유명 케이터링 업체의 고급스러운 다과와 아름다운 꽃, 흐르는 음악 속에서 모델과 함께 등장해, 브랜드의 역사를 간단히 설명하고 그날의 행사 소개를 하면 된다. 굳이 구매를 유도하는 적극적인 세일즈를 할 필요도 없다. 대부분의 VIP는 스타일링 클래스에 초대되어 올 때 고가의 물건을 구매하겠다는 암묵적 동의를 전제로 오기 때문이다. 다만 행사를 시작하기 전, 브랜드 담당자로부터 전달받는 메모를 정확히 숙지하기만 하면 된다. 오늘 참석하는 VIP 한 명 한 명의 기호와 라이프스타일에 대한 정보가 깨알 같은 글씨로 가득 적힌

메모다.

    '○○ 사모님은 수줍은 편이라 자꾸 말을 걸면 싫어하시니
그냥 눈인사만 부탁드려요.'
    '○○ 대표님은 좀 늦게 도착하실 예정인데 어두운색은
싫어하시고 한정판을 좋아하시니 참고해주세요.'
    '○○ 님은 남들 앞에서는 물건을 사지 않고 카드를 맡기고
가서 다시 전화로 주문하는 분이니 중간에 나가셔도 당황하지
마세요.'

    행사 담당자들의 모든 신경이 곤두선 하루다. 백화점 퍼스널
쇼퍼와 함께 등장한 VIP, 매장 담당 매니저와 평소 친분과
유대감이 강한 VIP, 다른 매장의 VIP였다가 최근 브랜드를 옮겨온
신규 VIP……. 어느 한 명이라도 소중하지 않은 고객은 없다. 그들
중 누구도 이 행사에서 소외감을 느끼지 않고 흡족한 마음으로
돌아가게 하는 것이 그들의 미션이다. 그렇기에 단 한 명의 고객도
마음 상하는 일이 없이 행사를 마쳐야 한다는 사명감으로 이리
뛰고 저리 뛰며 애를 쓰는 것이다. 매장 매니저는 VIP 손님의
가족관계, 정치적 성향, 최근 관심사, 경조사, 좋아하는 패션

스타일, 사소한 습관까지 모두 파악하고 기억하며 그들에게 필요한 물건을 그때그때 추천해줄 수 있어야 한다. 철마다 고정적으로 많은 비용을 지출하는 VIP의 존재 없이 브랜드가 탄탄하게 운영되기는 불가능하기 때문이다. 스타일링 클래스가 끝나고 피팅룸에서 옷을 갈아입다 보면 매니저의 속삭이는 듯한 목소리가 들린다.

"이건 제가 사모님 생신 맞춰서 본사에 사정해서 구해놓은 물건이에요. 오늘 오신대서 딱 맞춰 준비해두고 다른 분들께는 안 보여드렸으니 어서 입어보세요."

정도의 차이는 있지만 VIP들은 대부분 차별화된 대우를 원한다. 그러면서도 남들에게 '티 나지 않게 은근히' 이를 알리고 싶어 하며, 다른 한편으론 자신보다 더 좋은 서비스를 받는 더 높은 VIP 등급에 자극받기도 한다. 프라이빗 VIP 행사는 이러한 소비 심리를 파악해 꾸려진 새로운 쇼핑의 장이다. 이외에도 무료 커피가 제공되는 VIP 전용 라운지, VIP에게만 허용되는 무료 주차 서비스, 등급 별로 달라지는 할인 혜택이나 선물 등은 모두 무료 서비스처럼 보이지만, 결국 우리가 선불로 대가를 치른 것이다. 우리는 알고 있다. 이 모든 것이 소비자의 인정욕구를 자극해 소비 심리를 부추기는 마케팅의 술수라는 것을. 그런데 왜 우리는 기꺼이 이 술수에 현혹되는 것일까?

사실 드라마나 영화 등 미디어에서 속의 VIP의 단골 이미지는 안하무인에, 가정교육이란 단 한 번도 못 받고 컸을 법한 '재벌 3세' 같은 캐릭터일 거다. 온몸에 명품을 휘감고, 퍼스널 쇼퍼나 비서를 병풍처럼 끼고 고고하게 등장해 탈의실에서 입어보지도 않은 옷과 구두와 가방을 마구 사재긴다. "이거랑, 저거랑, 그것도 주세요." 그러면 직원들은 쩔쩔매면서 그들을 보좌하기 바쁘다. 소위 말하는 '진상 고객'의 느낌과 종이 한 장 차이로 그려지는 영화 속 VIP는 범접할 수 없는 상류층 계급으로 인식되지만, 그들 또한 한 기업의 '돈을 좀 더 잘 가져다주는 소비자'일 뿐이다. 예의 없는 VIP 한 명 잃는다고 회사가 기우뚱해 쩔쩔매야 할 정도의 기업이라면, VIP는 애초에 그 회사 제품은 눈길도 주지 않았을 거다. 물론 현실에서 소수의 부르주아 고객들이 드라마에나 나올 법한 갑질로 뉴스의 사회면을 오르내리긴 하나, 실제 VIP가 그러한 행동을 하는 경우는 극히 드물다. '진짜 VIP'는 오히려 언제든 브랜드가 실망시키면 조용히 떠날 준비가 된 사람들이다. VIP의 변심만을 기다리는 다른 브랜드는 세상에 널리지 않았는가.

내가 자주 이용하는 해외 직구 사이트는 투명한 VIP 관리 프로그램을 운영한다. 사이트에서 내 계정 보기를 클릭하면, 내가 그들의 고객 중 어느 등급에 위치하고 다음 단계로의 상승을 위해 써야 할 돈이 얼마인지 친절하게 그래프에 표시해준다. 회원 등급의 단계를 하나씩 밟아가며 바뀌어가는 그래프 색깔에 묘한 쾌감을 느끼는 동안 어느새 집 앞에는 해외에서 배송된 VIP 선물 꾸러미가 도착한다. 들뜬 마음으로 로고가 가득 새겨진 정성스러운 선물 포장을 뜯다 보면 역시 챙김을 받았다는 뿌듯함, 재방문한 고객에게 세심한 배려를 아끼지 않는 이 사이트에 대한 친근감과 함께 '이왕이면 앞으로도 여기서 사야지' 하는 난데없는 충성심이 솟아난다.

사실 이 사이트에서 물건을 자주 사게 된 건 일종의 습관이었다. 아이디와 비밀번호를 늘 잊어버리는 내가 가장 쉬운 비밀번호를 등록한 곳이기도 했고 쇼핑몰 앱 중 맨 앞에 위치하는 데다 배달하시는 DHL 담당자와는 연락처를 주고받아 늘 편하게 연락할 수 있었다. 그런데 구매 경험이 늘어나고 등급이 한 단계 올라가니 언젠가부터 다음 단계에 대한 목표의식이 생겨났다. 그리고 몇 년이 지나자 어느덧 나는 가장 높은 단계의 고객이 되었다. 마지막 단계까지 클리어한 고객의 이탈을 막기 위해 이 쇼핑몰이 어떤 전략을 펼칠지 기대하며 가진 생각은 '나 정도면 대접받을 자격이 있지'였다.

　지금이야 더 많은 돈을 쓴 사람에게 더 많은 서비스를 받을 자격이 생긴다는 사실을 이토록 자연스럽게 받아들이고 있지만, 내가 성인이 되자마자 세상에 나와 가장 충격적이었던 사실 중 하나는 내가 책에서 배운 것만큼 세상은 평등하지 않다는 것이었다. 등급에 따른 대우의 차이를 처음 여실히 느낀 곳은 다름 아닌 공항이었다.
　좌석 등급별로 사람들의 순서를 매겨 비행기에 먼저 탑승시키고, 일등석 승객에게는 승무원의 에스코트가 주어졌다. 이코노미석에 탑승하는 이들에게 보란 듯이 이루어지던 적나라한 서비스는 이제 막 20대에 접어든 나에게 '세상이 어떻게 돌아가는지 잘 확인하라'는 듯 도전적으로 보이기까지 했다. 이제 내가 나설 세상에서 남보다 좋은 대접을 받기 위해서는 더 많은 돈을 지불해야 하고 그러기 위해 더 치열하게 경제활동을 해야 한다는 사실이 실감 나는 순간이었다고나 할까.

　얼마 전 오랜만에 점심을 먹자는 친구의 연락을 받았다.

친구네 집 근처 백화점 식당 층에서 점심을 먹는데 친구가
하는 말이 백화점 VIP 등급 마지막 단계까지 딱 얼마 정도가
모자라는데 연말 안에 구매 실적을 모아야 하니 쇼핑이나 좀 같이
하자는 것이다. 친구는 연말 선물로 지인들에게 돌릴 디퓨저와
와인을 백화점 카드로 잔뜩 결제했다. 그러고는 여성복 코너에
들러 코트를 이것저것 입어 보더니 '실적을 채우려니 막상 마음에
드는 물건을 영 찾기 힘들다'며 푸념을 늘어놓았다. 그렇게
백화점을 몇 바퀴를 돌다가 저녁때가 되어 헤어지기 전 친구는 꽤
비싼 브랜드의 향수를 하나 사서 내 품에 안겼다.

"오늘 같이 와준 덕분에 VIP 되는 데 문제없겠어. 너무
고마우니 이거 하나 가져가."

등급이 더 올라가면 무슨 혜택을 얼마나 받는지 모르겠지만,
수십만 원짜리 향수를 나에게 척 하니 사주는지. 이게 그리 대단한
일인가 싶다가도 뛸 듯이 기뻐하는 그녀의 얼굴을 보니 어쩐지
연말에 좋은 일을 한 기분마저 들었다.

"어머, 너무 큰 선물을 받았네. 쇼핑 파트너 필요하면 또
연락해."

선심 쓰듯 손을 흔들고 나니 그녀를 홀린 VVIP의 혜택이
무엇인지 문득 궁금해졌다.

가만히 생각해보니 우리는 모두 살면서 한 번쯤은 누군가의 VIP가 되어본 시절이 있었을지도 모른다. 15년째 단골인 옷 수선점 사장님은 내 옷 패턴을 몇 개 고치면 남편 바지 하나쯤은 서비스로 줄여준다. 비록 몇 년 전에 이 단골 수선점이 판교로 이사를 가 오가는 데만 한 시간씩이나 천금 같은 내 시간을 써야 하지만, 나는 여전히 다른 가게를 찾을 생각이 없다. 어린 시절 단짝 친구와 자주 가던 중학교 앞 분식집은 단골인 우리 떡볶이 그릇에만 삶은 계란을 두 개씩 넣어주셨다. 딱히 맛있는 가게가 아니었는데도 나는 항상 정든 그 집만 갔다.

그렇게 VIP는 어디에서나 대접받는다. 잘해준다는데 싫은 사람이 어디 있겠는가. 사람은 대부분 그렇다. 나에게 잘해주는 상대에게 충성을 다하게 되어 있는 법이다.

쇼 호 스 트 임 세 영 입 니 다

좋아서 하는
일

Part
3

엄마는 내가 고등학교 때 멋 안 부리고 공부를 조금만 더 열심히

했더라면 서울대는 거뜬히 갔을 거라면서 으레 잔소리를 시작한다.

그럼 나는 한 귀로 흘리며 한마디 한다. "이 여사, 그게 무슨 소용이야.

그럼 난 그냥 서울대 나온 쇼호스트 정도 되었겠지, 뭐."

재미있게도 많은 쇼호스트가 꾸는 악몽이 하나 있다. 나 또한 예외 없이 주기적으로 이 꿈에 시달리는데 내용은 이렇다. 방송 시간이 코앞인데 아무리 뛰어도 회사가 가까워지질 않는다. 다급한 마음에 정신없이 서두르지만 매정한 시곗바늘은 내게 눈길 한 번 주지 않은 채 무심히 제 갈 길을 가버리고, 결국 시간 맞춰 회사에 도착하지 못한 나는 이제 막 포장을 벗긴 아이스크림콘을 땅바닥에 떨어뜨린 아이처럼 좌절해서 울음을 터뜨리고 만다. 그때그때 내용이 조금씩 다르지만, 대개 방송에 지각하는 것과 관련돼 있다. 그간 이런 꿈에 시달리며 괴로워한 게 족히 수십 번은 될 것이다. 이 단순한 악몽을 되풀이해서 꾸는 이유? 물론 내가 제일 잘 안다. 1년에 평균 500시간의 생방송을 진행하며 살아간다는 것, 좋아서 하는 일이라지만, 스트레스가 상당한 일이기도 하기 때문이다.

어느 아침, 되풀이되는 악몽에서 깨어나 씻고 출근 준비를
하며 생각했다. 연예인을 꿈꾸던 적도 없었고 그 시대 흔하도록
많았던 미인대회 출신도 아닌 나는 대체 어쩌다가 쇼호스트가 된
것일까.

30년간 초등학교 교사였던 보수적이고 엄격한 엄마에게 나는
무척 골칫덩어리였을 것이다.

'사람들 눈에 띄게 과하게 입지 말아라.'

'가진 것보다 사치스럽게 보이면 안 된다.'

엄마는 내 옷차림에 관한 잔소리를 귀에 딱지가 앉도록
하셨다. 나는 철 들기 전부터 패션 잡지를 목숨처럼 옆에 끼고,
신상이 나왔다 하면 백화점 구경을 학교보다 더 열심히 다녔다.
인스타그램도 유튜브도 없던 그 시대에 나는 〈쎄씨〉, 〈에꼴〉,
〈신디 더 퍼키〉 같은 패션잡지를 보며 잡지 모델의 메이크업을
따라 하고, 잡지 에디터가 추천하는 청바지를 용돈을 모아 사
입으며 자랐다. 엄마의 눈엔 늘 '예쁜 것'에만 관심을 두고 있는
듯한 둘째 딸이 영 못 미더웠을 것이다.

엄마의 걱정에도 불구하고, 최소한의 자존심은 지키겠다는
일념으로 공부를 게을리하지 않은 덕에 무사히 대학에 갈 수
있었다. 엄마는 이제야 철이 좀 드는가 싶어 한시름 놓으셨겠지만,

나의 진정한 쇼핑 라이프는 그때부터 시작이었다. '경제적 활동을
할 수 있는 성인'이란 타이틀은 내게 새로운 자유를 가져다주었다.
대학 문에 들어서자마자 각종 아르바이트를 섭렵하기 시작,
저녁에는 방문 과외, 주말에는 핸드폰 판매 행사에서 유니폼을
입고 마이크를 단 채 세일즈를 했다. 지금 생각해도 참 신기한
게 어디에서 뭘 팔든 나의 판매 실적은 남들보다 월등히 좋았다.
능력을 인정받아 여기저기 불러주는 곳도 꽤 많았고 수입도
짭짤했다. 지금 생각해보면 내 세일즈 감각은 그때부터 시작된 게
아닌가 싶다.

　　빈틈없이 일한 덕에 부모님에게 용돈은 따로 받지 않아도
될 정도로 내 아르바이트 수입은 여유로운 편이었다. 벌어들인
돈은 고스란히 예쁜 물건을 사고 나를 치장하는 데 들어갔다.
내가 다니던 대학 후문에서 15분만 걸어가면 한창 번성했던 이대
앞 패션 거리가 펼쳐졌다. 참새가 방앗간을 어떻게 지나겠는가.
수업이 끝나면 거리에 늘어선 로드숍에서 옷구경을 하느라 시간
가는 줄을 몰랐다. 잡지 모델의 헤어스타일로 머리도 잘라보고,
과감하게 파란색 눈 화장도 시도해봤다. 오늘은 여기, 내일은
저기 가게마다 추천하는 신상템을 입어보는 재미에 하루가 짧게
느껴질 정도였다. 그러다 돈이 좀 더 모이면 호기롭게 명품백도

사보면서 '아, 이게 성인이구나!' 하는 느낌에 취하기도 했다. 그 우쭐한 기분이 요즘 친구들이 말하는 플렉스FLEX 아니었을까.

학점 관리, 아르바이트, 내가 좋아하는 것들을 찾아다니는 바쁜 일정까지. 어느 것 하나도 놓치기 싫었던 욕심 많고 에너지 넘치는 학창 시절이었다. 매니저만 없다 뿐이지 연예인 스케줄 저리가라 할 정도로 비쁜 하루를 치열하게 보냈다. 돌이켜보면 학교에서 배운 것들보다 아르바이트로 물건을 팔고, 내 스스로 번 돈으로 물건을 구입해본 경험이 어쩌면 나에게는 더 중요한 배움이었을 지도 모른다. 물론 그때 번 돈을 아껴서 모으고 불렸다면 조금 더 여유로운 20대를 보낼 수 있었을지는 모르지만, 나는 지금도 믿고 있다. 그 시간이 없었다면 지금의 패션 쇼호스트 임세영은 없었을 거라고.

대학 졸업을 앞두고, 친구들이 하나둘 취업 고민을 털어놓기 시작했다. IMF의 여파로 취업 시장이 불투명했던 시절이었다. 나도 그제야 번뜩 정신이 들었다. 이젠 메뚜기같이 뛰어다니던 알바 생활을 청산하고 소위 안정된 직장을 향한 취업 전선에 뛰어들어야 할 때였다. 내가 뭘 잘하는지, 내 꿈이 뭐였는지 고민해볼 새도 없이, 여자 프로듀서가 주는 세련된 이미지가 좋아

보인다는 이유로 홈쇼핑 회사에 지원했다. 그런데 덜컥, 생각 없이 지원한 첫 회사에 운 좋게 신입 피디로 합격하게 된 것이었다. 취업에 성공했다는 성취감은 짜릿했지만, 제대로 된 준비 없이 시작한 사회생활은 그야말로 전쟁터였다.

새벽 5시에 일어나 출근해서 밤 11시는 되어야 집에 돌아가는 생활의 반복……. 대기업 회사원으로 산다는 것은 대학 시절에 즐기면서 했던 알바와는 천지 차이로 달랐다. 정해진 기한에 많은 업무를 무조건 마쳐야 하는 시스템과 팀원들과의 단체 생활은 어렵기만 했다. 쇼핑의 여왕이었던 지난날의 영광은 뒤로하고 난 늘 어두운 정장을 교복처럼 입었고, 나중에는 옷을 갈아입는 것마저 업무의 연장으로 느껴지기 시작했다. 주말이면 다음 주에 입을 일주일치 비슷한 옷을 옷걸이 하나에 쭉 걸어두었고, 매일 아침 반쯤 감긴 눈으로 더듬거리며 순서대로 생각없이 꺼내 입었다. 시간이 흐를수록 회사 업무에는 익숙해졌지만, 나는 점점 생기를 잃어갔다.

직장 생활을 시작하고 1년 정도 시간이 흘렀을 즈음. 바싹 말라 비틀어진 화분처럼 푸석한 얼굴로 PC 앞에 앉아 정신없이 서류 작업을 하던 스물다섯의 어느 날이었다. 문득 고개를 들어

창밖을 바라본 순간, 내 시야에는 한없이 빛나는 햇살 속 풍경이 쏟아지듯 들어왔다. 바다처럼 새파랗게 물든 하늘은 더없이 높아 보였고, 때마침 선선히 불어온 바람이 창가의 초록색 나뭇잎을 살랑살랑 흔들고 있었다. 누군가에겐 더없이 짧았을 일상의 평범한 찰나……. 그 순간은 마치 영화 속 슬로 장면처럼 반짝였고 그 황홀한 광경에, 나는 왈칵 눈물이 터져 나올 것 같았다.

'세상은 저렇게 형형색색 아름다운데, 왜 난 이런 시커먼 정장에 파묻혀 외롭게 바라보고만 있을까?' 하는 생각이 머리에 스쳤다. 당장 밖으로 나가 저 신선한 공기를 내 코로 마시면서 이 반짝이는 햇볕 속을 걸어가고 싶다는, 참을 수 없을 만큼의 강한 충동을 느꼈다.

나는 곧바로 홈쇼핑 회사의 쇼호스트 시험에 응시했다. 난데없이 웬 쇼호스트였냐고 묻는다면 나는 충분히 설득력 있는 답을 내놓을 자신이 없다. 그날 내 눈앞에 펼쳐진 하늘과 바람의 그 감성 충만한 이야기를 이해할 수 있는 사람이 몇이나 될까. 쑥스러운 마음에 나는 "그냥…… 맘편히 멋부리고 싶어서요"라고 말하곤 한다. 독자를 위해 현실적인 대답을 더하자면, 내가 잘하고, 좋아할 수 있는 것이 무엇일까 나를 들여다보며 고민했고,

나는 지금도 믿고 있다.
그 시간이 없었다면
지금의 패션 쇼호스트
임세영은 없었을 거라고.

난 그 답을 쇼핑과 멋 부리기를 좋아하던 내 어린 날의 추억, 세일즈에 꽤 재주가 있던 대학생 시절에서 찾았던 것 같다.

간절한 마음 때문이었는지 쇼호스트로 홈쇼핑 3개사 시험에 모두 합격하는 기적이 일어났다. 하지만 나는 다니던 회사에 쇼호스트가 되어 남기로 했다. 나라는 사람을 제일 먼저 알아봐준 고마운 회사였기에 떠나고 싶지 않았던 모양이다.

쇼호스트가 되고 나니 그저 모든 것이 좋았다. 매번 새로운 미션처럼 주어지는 상품의 마케팅과 세일즈를 수행하는 일은 내 적성에 딱 맞았다. 거기다 결과가 수치를 통해 곧바로 나오는 이 일은 성미 급한 나에게 최적의 직업이었다. 더는 옷차림에 있어 남의 눈치를 볼 필요도 없어졌다. 다시 발동 걸린 내 과감한 패션 때문에 선배들의 눈총을 좀 받긴 했지만, 대신 패션 분야의 쇼호스트로 일찌감치 자리 잡게 됐다.

과거엔 모든 것이 우연 같았지만, 지금 돌이켜보면 이 일이 운명처럼 느껴지기도 한다. 학창 시절부터 멋 부리고 쇼핑하느라 신촌 이대 거리를 쏘다니던 내가, 뭔가에 이끌리듯 패션 쇼호스트가 되었고 한눈팔 새도 없이 20년 가까운 시간이 흘렀으니 말이다. 그 시간 동안 나는 피디로 일할 때와는 달리 더없이 성실했고 행복했다. 잘한다는 칭찬도 신이 났고 다양한 물건을 여러 방법으로 소개하기 위한 고민도 즐겁기만 했다. 나는 몇 년 동안 휴가조차 가지 않았다. 내게 맞는 일을 찾고 나니 몸은 피곤해도 마음은 언제나 들떠 있었다.

친정집에 마주 앉아 만두를 빚는데 엄마는 내가 고등학교 때 멋 안 부리고 공부를 조금만 더 열심히 했더라면 서울대는 거뜬히 갔을 거라면서 으레 잔소리를 시작한다.

나는 한 귀로 흘리며 한마디 한다.

"이 여사, 그게 무슨 소용이야. 그럼 난 그냥 서울대 나온 쇼호스트가 되었겠지 뭐."

Part 3
살고 사랑하고 쇼핑하고

물건을 만드는
사람들

Part
3

변덕스럽게 달라지는 사람들의 필요와 물건에 담긴 생산자의 마음이

닿는 그 날카로운 지점에 내가 존재한다는 사실이 얼마나 즐거운 일인지

아마 다른 이들은 짐작할 수 없을 것이다.

"저기…… 식사 못 하셨죠? 이거 좀 드세요."

스튜디오 녹화 들어가기 전 도통 식사할 짬을 못 내고 있던 나에게 패션 업체 디자이너 한 분이 빵 봉지를 내민다. 어떻게 알고 때마침 건네주신 걸까. 생방송 직전에는 챙길 게 워낙 많아 밥 생각이 들지 않을 정도로 정신없이 바쁜데, 이상하게 스튜디오에서 마이크를 착용하고 대기하며 한숨을 돌릴 찰나에 늘 허기가 몰려온다. 예민하게 곤두섰던 긴장감이 종이봉투 속에 담긴 쿠키 한 조각, 커피 한 모금에 눈 녹듯 사라진다.

나에게 빵을 건네준 업체는 의류 회사에서 만나 결혼까지 골인한 부부 디자이너가 운영하는 곳이다. 어느 회사보다 고른 품질의 의류를 정직하게 생산해 홈쇼핑 회사 여러 곳과 오랜 시간 안정적으로 거래하고 있을 정도로 업계에서도 잔뼈가 굵다.

엠디들 사이에서도 대표님이 깐깐하고 호락호락하지 않지만, 물건은 늘 정확하다는 평판으로 소문나 있다. 부부 디자이너는 여전히 매 방송마다 직접 옷을 다리고 혹여 방송에 조금이라도 덜 예쁘게 비칠까 온종일 양손에 테이프를 감고 옷 먼지를 뗀다. 샘플을 아무 쇼핑백이나 비닐에 대충 넣어 건네는 다른 업체들과 달리 이 부부는 언제나 부직포 케이스에 잘 다린 옷을 넣어 단추를 꼭꼭 잠그고 퀵서비스를 보낸다.

퀵서비스로 도착한 옷을 꺼내면 내 새끼를 밖에 내보낼 때 머리를 빗기고 옷을 잘 세탁해 입혀 어디 가서도 누구에게든 예쁨 받길 바라는 부모의 마음이 묻어난다. 스스로 만든 물건에 대한 예의를 갖춘 그 모습을 보고 나면 나조차도 물건을 함부로 대할 수 없게 된다. 애지중지 만들어낸 그 물건 앞에서 누구든 진지해질 수밖에 없는 것이다. 내게 보내준 빵과 커피 또한 아마 그들의 자식을 세상에 내보이는 쇼호스트가 생방송 전 뭘 필요로 하는지 유심히 지켜본 결과였을 것이다. 그렇기에 흥망성쇠 잦은 패션이라는 울타리에서 20년을 꾸준히 성장하는 업체가 된 것이 아닐까.

재미있게도, 물건을 만든 사람이 자신의 물건을 대하는 태도는 금세 주변에도 전염된다. 쇼호스트는 좀 더 정중하게 물건을 대하게 되고, 엠디와 피디 또한 상품의 특성에 성실하고 진지하게 접근한다. 그리고 시청자는 반드시 그것을 알아차린다. 하나의 상품을 위해 모두가 한마음으로 노력하는 그 순간, 나 또한 큰 깨달음을 얻는다.

오늘 판매할 물건은 단순한 상품이 아닌 누군가의 진심을 파는 것이라는 것을. 내가 만든 것에 대한 자부심으로 함께 일하는 사람들의 상태까지 세심하게 관찰하는 그 정성은 그들을 지금의 자리까지 올린 비결이 되었으며, 우리는 이것을 흔히 진정성이라 부른다.

이 회사는 20년이 넘는 세월을 한결같이 달려와 마침내 서울 요지에 사옥을 매입했다. 홈쇼핑에서 꾸준히 일하는 업체는 쉽게 대박이 난다고 생각하는 사람들도 많지만, 사실 이 정도의 성공을 거두는 일이 패션 업체에는 굉장히 어려운 일이다. 생활용품이나 화장품처럼 시즌 없이 판매하는 공산품들에 비해 패션 제품은 사이클이 짧다. 사이즈와 색상별로 재고가 남고 그 시즌이 지나면 가치가 떨어져버리는 옷을 만들어 판매하는 일이 결코 이윤을 많이 남길 수 있는 일이 아니다. 이 사실을 잘 아는 나에게는 그 회사의 성공 스토리가 감개무량하기만 하다. 20년이라는 긴 시간 동안 함께 성장해왔다는 묘한 동질감에, 때로는 박수를

치고 때로는 눈물을 흘리던 지난한 세월을 떠올리면서 진심으로
축하를 보낸다.

　진정성을 얘기하자니 한 엠디가 떠오른다. 늘 좋은 매출을
기록하는 그에게 혹자는 돈 되는 물건은 다 만드냐며 질투 어린
시선을 보내기도 했었다. 그런 그에게 언젠가 나는 '당신은 어떤
물건을 만들고 싶냐'는 원론적인 질문을 던진 적이 있다. 능력
있는 그는 다른 이와 다르게 추구하는 것이 뭔가 독특할 것이라는
생각에서였는데, 돌아오는 대답이 뜻밖이었다.

　"사람들이 많이 사는 물건이요."

　잠시의 망설임도 없는 단호한 대답. 그 의미는 간단했다.
사고 싶지만 쉽게 못 사는 물건 말고, 누구나 쉽게 살 수 있고
누구나 잘 쓰는 물건을 만드는 것이 더 큰 보람이라는 이유였다.
그녀는 의류학과를 졸업하고 무대 위의 멋있는 옷을 만드는
디자이너보다는 누구에게나 필요한 옷을 기획하는 엠디 쪽이
자신에게 잘 맞는다는 것을 일찍이 깨달았다고 한다.
　그렇기에 그녀가 기획하는 옷들은 '일반 사람'임을 주장하는

그녀의 라이프스타일을 꼭 닮아 있다. 저혈압이라 아침에 일어나기 힘들고, 게으른 탓에 멋도 내기도 귀찮아 옷도 최대한 간단히 빨리 입는 걸 선호하지만 그 와중에 너무 '후진' 모습으로 나서고 싶지는 않다는 그녀는 자신과 비슷한 사람을 위해 옷을 만든다. 본인은 보통 사람이고 자신이 입고 싶은 옷을 만드니 결과적으로 매출이 좋은 거 같다는 겸손함을 보였다. 앞으로도 자신을 위해 편하고 아침에 눈 뜨면 금방 입을 수 있을 옷을 만들겠다는 말을 덧붙이면서 말이다.

'사람들이 많이 사는 물건'이란 게, 말이 쉽지 만들기는 여간 어려운 일이 아니다. 내 눈에 그저 예뻤던 상품의 매출이 기대 이하였던 적도 있었고, 이게 인기가 있겠냐 싶었던 물건의 판매가 때로는 예상외로 치솟기도 하는 걸 다년간 지켜본 나로선 그녀의 대답이 오히려 모범적이라 느껴진다. '불특정 다수'로 특정 지어지는 소비자의 니즈를 제대로 파악한 뒤 제품 계획과 제작 진행, 프로모션, 방송까지 해내야 하는 이 길고도 험한 여정을, 하루가 다르게 급변하는 패션 생태계 속에서 완수해낸다는 그 자체만으로 진정성을 의심할 여지가 없는 것이다.

옷을 만드는 사람들 중 누군가는 해외에 진출해 톱 모델들과 함께 컬렉션을 하고 매스컴에 오르내리는 유명 디자이너가 되고, 또 누군가는 많은 사람의 필요를 충족하는 상품기획으로 보람을 느낀다. 특별한 제품으로 특별한 성공을 거둬야만 진정성을 논할 수 있는 건 아니다. 손익이 어떻고, 구매전환율이 어떻고, 반품률은 또 어떤지 숫자에 대한 이야기가 끊임없는 홈쇼핑 업계에서 일하면서 나를 즐겁게 하는 건 결국 물건을 만드는 사람들의 진심이다.

얼마 전 홈쇼핑 패션 업계에서 야무진 사업수완으로 꽤 성공을 거둔 한 업체가 사업을 접었다. 듣자 하니 그 업체 대표는 이제 평생 놀고 먹어도 될 만큼 벌어뒀으니 미련 없이 직원들을 정리하고 업계를 떠나겠다고 뽐내듯 선언했다고 한다. 지난 10년간 손해 보는 법 없이 사업을 깐깐하게 꾸려가는 모습을 보면서 참 배울 점도 많다고 생각했지만, 은퇴하면서 평생 먹고 살 만큼 벌었으면 일은 그만하는 것이라는 이야기를 남겼다고 하니 내 마음 한곳에 적잖은 실망감도 자리했다. 이 일을 그저 돈벌이라고 생각하는 이를 위해 그토록 많은 시간 잠을 설치고 청춘을 바치며 일했던 걸 생각하니 억울한 마음마저 들었다. 생각해보니 그에게 진심 어린 인사 한마디조차 들어본 기억이 없다. 그 업체의 물건에 쏟을 정성을 다른 곳에 조금 덜어낼 걸

그랬다.

　물론 나에게도 '매출 많이 올리는 쇼호스트'를 꿈꾸던 시절이 있었다. 하지만 질 좋고 아름다운 제품을 위해 총력을 다해 뛰어다니고, 자신이 만든 물건에 진심을 담는 사람들을 만나면서 내 가치관도 조금씩 변해갔다. 나 자신을 '물건을 파는 사람'이라고 한정 지으면 그저 나는 세일즈맨이 되지만 '상품을 만든 이들의 마음을 이야기하는 사람'이라는 생각으로 방송에 들어가면 내 방송에는 끝없이 사람 사는 이야기거리가 넘쳐난다.

　종종 포털에 뜨는 내 기사에는 언제나 '매출 수천억' 또는 '1분에 얼마를 파는 쇼호스트' 등의 수식어가 붙는다. '내가 이만큼 높은 금액을 팔았다'는 사실이 곧 명성이 되는 세계에 살고 있으니 그런 타이틀에 의미 부여를 하는 사람들이 당연히 있었을 것이다. 하지만 지금은 '이렇게 많은 소비자가 이 업체의 진정성을 알아봐주시는 데 내가 도움을 드렸구나' 하는 뿌듯함이 나의 더 큰 자부심이다. 변덕스럽게 달라지는 사람들의 필요와 물건에 담긴 생산자의 마음이 닿는 그 날카로운 지점에 내가 존재한다는 사실이 얼마나 즐거운 일인지 아마 다른 이들은 짐작할 수 없을 것이다.

종종 사람들은 나에게 묻는다. 이렇게 오랜 시간 한 회사에서 쉬지 않고 일하게 하는 동력이 도대체 뭐냐고. 나는 내가 하는 일의 재미를 더 제대로 느끼기 위해 내 시간을 온전히 투자했으며 내가 좋아하는 사람들과 함께해온 과정이 즐거워 다른 곳으로 차마 떠나지 못할 뿐이다.

내가 즐거운 일을 하며 맞이하는 최고의 순간은 물건 만드는 사람들의 반짝이는 진정성을 발견하는 때다. 그리고 내가 발견한 것을 이야기에 담아 사람들에게 왜곡없이 전달할 때, 거창할 것 없는 쇼호스트로서 나의 진정성을 비로소 찾게 된다.

누가 뭐라든 답은 정해져 있다. 사람의 마음이 사람의 마음을 움직이는 법이다.

물건의
목소리

Part
3

물건의 감춰진 매력을 찾아주고 그 매력을 돋보이게 세팅하여 생명을

불어넣는 일. 그러려면 쇼호스트는 물건을 바라볼 때 남들의 눈에는

보이지 않는 미세한 차이를 발견해낼 줄 알아야 한다.

"루이야, 나 좀 봐. 나 어때?"

　몇 년 전 방영했던 드라마 〈쇼핑왕 루이〉라는 작품 속에선, 사람이 아닌 물건이 주인공 '루이'에게 수시로 말을 건다. 좋은 물건을 알아보는 안목이 높다 못해 물건의 말을 듣는 능력까지 가진 재벌 3세 남주인공 루이는 사고로 기억을 잃고 서울 한복판에 버려진다. 그는 다행히 시골 출신의 생존력 높은 여주인공 '고복실'을 만나 연고도 없이 굶어 죽을 뻔 한 위기를 모면한다. 기억도 잃은 채 복실에게 기생해 사는 주제에, 그녀가 뼈 빠지게 벌어온 돈을 쇼핑으로 탕진해버리는 루이. 복실은 루이에게 분통을 터뜨리지만, 그는 어쩔 수 없었다고 항변한다. 물건이 자신에게 말을 걸어오는데 어떻게 안 사느냐고. 물건의 이야기를 들을 줄 아는 남다른 능력 덕에 주인공이 쇼핑왕을 넘어서 마케팅 분야의 전문가로 성공한다는 내용의 이 드라마는 시청률 면에서는 크게 대박을 내진 못했던 것으로 기억한다. 그렇지만 적어도 쇼호스트인 나에게는 무척이나 인상적이었다.

아닌 게 아니라 어느 날 느닷없이 내게 초능력이 생겨 루이처럼 물건이 하는 이야기를 들을 수 있게 된다면 얼마나 좋을까. 쇼호스트도 사람이기에 내 고유의 취향과 다르거나 무관심한 분야의 물건을 팔아야 한다는 건 참 어려운 문제다. 마음이 시키지 않는 물건을 팔아야 하는 때도 종종 생기고 암만 상품을 들여다봐도 이 상품의 경쟁력에 대해 뾰족한 답이 나오지 않는 날엔 미친 척 그 물건에게 말을 건네보고 싶어진다.

"그래서 네 장점이 뭔데?"
"넌 어쩌다 그리 만들어져 나에게 왔니?"

안타깝게도 내게 그런 초능력은 생기지 않았고 그나마 다행인 것은 오랜 시간을 그저 '이 세상 물건들의 주인 찾아주기'에 몰두한 결과, 이제야 아주 조금씩 물건의 있어야 할 제자리에 대한 퍼즐을 맞출 수 있을 것도 같다.

어느 날, 후배 한 명이 좀처럼 방송에 익숙해지지 않고 자꾸

실수를 하게 된다며 고민을 털어놓는다.

"선배, 제가 과연 좋은 쇼호스트가 될 수 있을까요? 지난주에 정말 잘해내고 싶었던 중요한 방송을 망쳤어요. 과연 제가 재능이 있기는 한 건지 이젠 도무지 모르겠어요."

그녀의 마음을 전부 헤아릴 수는 없지만, 비슷한 고민 끝에 회사를 떠나는 후배들의 뒷모습을 수없이 바라보면서 나 역시 오랫동안 같은 질문에 대한 답을 고민해왔다. 결론부터 말하자면, 나는 단 한 번도 천부적인 재능을 타고난 혜성처럼 등장하는 스타 쇼호스트를 본 적이 없다. 남들이 보기에 뛰어난 외모, 호감을 부르는 목소리, 적극적이고 낙천적인 성격, 대중을 사로잡는 화려한 언변을 가진 쇼호스트는 물론 있다. 이는 쇼호스트가 되기에 조금 유리한 정도일 뿐, 딱히 천부적 재능이라고 부를 만한 것은 못 된다. 좋은 쇼호스트가 되는 일은 생각보다 긴 시간이 걸리고 그 과정을 제대로 혹독하게 겪어내는 것이 유리한 조건을 타고나는 것보다 훨씬 중요하다. 그래서 쇼호스트에게 가장 필요한 재능은 인내심, 뚝심, 성실함, 맷집일지도 모르겠다.

비단 쇼호스트뿐만 아니라 어떤 사람에게든 기회는 찾아온다. 가수에게 가장 중요한 기회는 노래일 테고 연기자에게 기회는 작품이듯, 쇼호스트에게 있어 기회는 물건이다. 시청자에게 좋은 평가를 받는 물건을 만나면 방송 편성이 많아지고 담당 쇼호스트도 바빠진다. 방송이 잦으니 출연 횟수도 많아지고 시청률이 높은 시간에 노출되니 시청자의 눈에도 해당 쇼호스트가 계속 보이기 마련이다. 그렇게 인지도가 올라가면서 생방송 경험이 천천히 쌓이면 방송 진행 능력도 덩달아 올라간다. 결국 물건이 흥하면 쇼호스트도 흥하는 간단한 공식이다. 좋은 작품에 출연한 배우가 덩달아 좋은 평가를 받고, 훌륭한 노래를 만나게 된 가수가 인기를 얻는 것과 역시 마찬가지다. 좋은 쇼호스트가 간혹 평가절하된 물건을 흥하게도 할 수 있지만, 어떤 훌륭한 물건은 눈에 띄지 않던 쇼호스트를 사람들의 눈앞으로 데려가기도 한다.

　　나는 언제나 후배들에게 더 많은 기회를 얻기 위해서는 물건에 어울리는 쇼호스트가 되어야 한다고 말한다. 고작 물건 따위에 어찌 사람을 맞추냐고 불평부터 하는 이는 쇼호스트로서는 자질이 없는 사람이라 단언한다. 사람들에게 새로운 옷과 구두를 소개하려면 누가 보더라도 패션에 관심이 많아야 하고, 트렌드에 예민해야 하며 화장품을 팔려면 뷰티에 관심이 많아 평소 관리를 잘한 듯한 얼굴을 꾸준히 유지해야 한다.

헬스 기구를 판매하는 쇼호스트라면 부단히 운동해야 하는 것이 철칙이고 가전제품을 판매하기 위해 신뢰감이 가는 스타일을 지켜야 하는 것도 당연하다. 상품의 이미지는 곧 나의 이미지가 되는 만큼, 나의 이미지 역시 상품의 이미지에 영향을 미치기 때문이다. 패션 방송에 출연할 쇼호스트가 본인의 정체성과 스타일에 대한 감각 없이 다른 전문가가 꾸며준 대로 입고 남이 써준 대본을 줄줄 읽기만 하면 된다고 생각한다면 단단히 틀렸다. 쇼호스트는 남이 써준 대본 없이 생방송으로 자신의 언어와 라이프스타일과 물건을 동시에 노출하는 크리에이터이자 진행자라는 점을 명심해야 한다. 진정성 없이 주변을 겉도는 멘트만 해서는 사람들의 마음을 움직일 수 없고, 진심으로 물건에 가까이 다가서지 않고는 물건을 소개할 수 없다.

이번에는 후배에게 제대로 된 대답을 해보고 싶어졌다.

"네가 잘할 거라고 많은 사람이 믿었기에 이 회사가 널 뽑았겠지. 한 번쯤 온통 너를 던져서 이 일을 해봐. 앞으로도 기회는 여러 번 올 거야. 하지만 준비되어 있는 사람만 그 기회를 제대로 잡을 수 있어."

말이 없던 그녀에게서 한참 만에 질문이 돌아왔다.

"그게 진짜 기회라는 걸…… 저는 어떻게 알아보는데요?"

그 순간, 내가 좋아하는 그녀는 어쩌면 좋은 쇼호스트가 되기 어려울 수도 있겠다는 생각이 들었다. 다시 좋은 기회가 올 테니 기다리라는 위로를 해주고 돌아오는 길 나도 모르게 마음속을 맴돌던, 그녀에게 진짜 들려주고 싶은 이야기를 남겨본다.

"진짜 기회일 때만 열심히 하려고 한다면 아마 너는 그 기회를 잡지 못할 거야. 무엇이 진짜 기회였는지는 시간이 지나면 스스로 알게 돼. 이제부터 네가 해야 할 일은 주어지는 모든 일을 너에게 온 최고의 기회라고 생각하고 마음을 다하는 거야."

과연 훌륭한 쇼호스트라고 일컬어지는 사람 중에서 '난 천부적인 재능을 처음부터 타고났어'라고 말하는 이가 있을까. 나는 단지 자신이 가진 모든 재능을 던져 물건을 대하는 데 최선을 다하는 쇼호스트만이 있다고 확신한다. 나 역시 지난 20년 동안 나를 찾아오는 수만 가지 상품 하나하나에 애정을 기울이고 정성을 다했을 뿐이다.

프랑스 현대미술을 이끌었다고 평가받는 미술가 마르셀 뒤샹은 화장실 소변기를 떼어 사인을 한 후 전시회에 내놓아 당시 프랑스 미술계에 신선한 충격을 던졌다.

　국내 현대미술관에도 전시된 적이 있는 〈샘〉이라는 작품은 공산품과 예술품의 경계를 허물고, '눈에 보이지 않는 차이지만 본질을 바꾸는 결정적 차이가 존재한다'는 메시지를 던졌다. 이 작고도 결정적인 차이가 바로 뒤샹이 '앵프라맹스Inframince'라고 말한 심미안의 경지다. 흔하게 지나치는 물건의 가치와 아름다움은 간혹 바라보는 시선과 생각의 차이에 따라 완전히 달라지며 그 변화는 뒤샹과 같이 앵프라맹스를 만들어내는 중간자에 의해 쉽게 매개된다.

　쇼호스트는 중간자로서 어떤 물건이든 앵프라맹스를 만들어내는 일을 하는 사람이다. 물건의 감춰진 매력을 찾아주고 그 매력을 돋보이게 세팅하여 생명을 불어넣는 일. 그러려면 쇼호스트는 물건을 바라볼 때 남들의 눈에는 보이지 않는 미세한 차이를 발견해낼 줄 알아야 한다. 어쩌면 그것이 쇼핑왕 루이가 가졌던 물건이 들려주는 이야기를 듣는 초능력일지도 모르겠다.

　물건과 엎치락뒤치락 지지고 볶으며 사랑을 나누다 보면 긴 시간이 지나고 자연스럽게 알게 된다. 집으로 수북이 배달된 오늘의 판매 샘플들은 그저 판매해야 할 물건이 아닌 내 인생에

찾아온 소중한 기회이고 이제부터 쇼호스트가 해야 할 유일한
일은 물건이 들려주는 이야기에 귀를 기울이는 것임을.

선물하기

선물이란 물건을 가장해 '내 마음을 내어주는 일'이다. 40대 중반에

이르러 보니 사람의 마음이란 총량이 정해져 있지 않고 다른 이에게

좀 준다고 해서 좀처럼 소진되지 않는다.

언니는 어려서부터 자주 내 물건에 탐을 냈다. 본인은 패션이나 뷰티에 대해 문외한인데 나는 어떻게 예쁘고 좋은 걸 잘 아는지 신기하다고 했다. 그런 언니를 위해 이것저것 크고 작은 선물을 사서 챙겨주는 일은 나에게 큰 즐거움이었다.

"우와, 진짜 좋다. 세영아, 넌 어쩜 이런 걸 알고 사?"

기대한 만큼의 아낌없는 칭찬으로 내게 흡족함을 안겨주는 언니였다. 그러나 뒤늦게야 나는 언니가 주변인들에게 내가 준 향수, 옷, 화장품 등을 아낌없이 나눠주고 있었다는 사실을 알게 되었다. 헬스클럽에서 만난 강사, 아들 친구 엄마, 교회에서 아는 언니 등 내가 모르는 누군가와 내가 준 선물을 나누고 있었다니 어쩐지 묘한 배신감이 들었다. 선물을 했다면 주는 즐거움에서 끝내야 한다는 걸 분명 머리로는 아는데 마음이 영 따라주지 않는다. 생각할수록 그 물건들을 고르며 언니에게 잘 어울릴지 가늠해보고 고민했던 시간이 억울해서 나는 속이 뒤집어졌다

"어떻게 그럴 수가 있어? 내가 언니 쓰라고 일부러 사다 준 거잖아!"

언니는 평소에 나에게 유기농 식품이니 반찬이니 나보다 잘 아는 분야의 물건들을 늘 선물하는데 내가 그걸 남과 나눠 먹는다고 화를 낸 적이 없었다. 그렇게 물건에 집착이 없는 언니는 어안이 벙벙했을 것이다. 나도 내심으론, '언니한테 줬으면 언니의 물건이지. 물건 주인이 어디에 쓴들 무슨 상관이냐' 싶다가도, 이내 밀려드는 서운함에 못 이겨 만만한 언니를 붙들고 남에게는 못하는 생떼를 쓰고 있었다.

"미안해. 세영아. 언니가 쓰는 것보다 내가 좋아하는 사람한테 주는 게 더 행복해서 그랬어."

언니는 분통을 터트리는 나를 달래며 웃는 얼굴로 사과했다. 언니는 물건을 너처럼 잘 고를 줄 모르는데 네가 준 게 너무 좋아 보여서 소중한 사람에게 선물하고 싶어진다고 덧붙이면서 말이다. 순간 뜨끔했다. 과연 나는 순수하게 언니를 기쁘게 해줄 목적으로 선물을 준비했던 게 맞을까. 선의를 담아 선물했으면 됐지, 그걸 잘 쓰고 있는 모습까지 확인해 나의 안목이 틀리지

않았다는 성취감을 얻고야 말겠다는 내 심보 때문에 다 큰 어른이
되어서도 언니와 이렇게 옥신각신하고 있는 것이다.

　　처음 선물이란 것에 압박을 느끼기 시작한 건 결혼생활을
시작하고 얼마 되지 않아서다. 12월 25일 크리스마스를 시작으로
남편과의 첫 만남 기념일인 12월 31일, 그다음 날로 이어지는 1월
1일을 신년회 비슷하게 퉁 치고 지나 새로 시작한 1월을 정신없이
살다 보면 곧장 2월 초에 결혼기념일이 다가오고야 만다. 2월
중순에는 남편의 생일이 있으며 밸런타인데이와 화이트데이
같은 상업적인 기념일을 굳이 챙기고 나면 곧바로 나의 생일이
돌아왔다. 그러다 보니 신혼 초에는 서로에게 줄 선물을 준비하는
것만으로도 쉴 틈이 없었다. 물론 그 사이사이에 조카들의 생일,
언니의 생일, 명절 그리고 시어머니의 생신까지 포진해 있는 건
말할 필요도 없다. 결혼한 첫해, 그 크고 작은 모든 날짜를 잊지
않고 챙기는 훌륭한 아내, 며느리가 되려 용을 쓰다 보니 기념일을
챙기고 선물을 사는 게 어느덧 일의 연장선이 되어 있었다. 여행을
가서도 양가 가족들을 위한 선물을 따로따로 하나씩 준비하다
보니 어느새 그 여행의 목적이 선물 쇼핑이 되어버리고 시간에
쫓겨서 여행지에서의 한가로운 여유를 제대로 즐길 수 없게

되는 경험을 하고 나서야 챙겨야 할 가족이 두 배로 늘어났음을
실감했다.

　결국 결혼 후 첫해를 지내고 나는 선언했다. 앞으로 모든
선물은 현금으로 대체하고 남편과 나의 가족에게 줄 현금은
남편과 나 스스로 각자 준비하자고 말이다. 식구들끼리 매번
묻기도 번거롭고 필요 없는 물건을 선물할 우려도 없앨 겸 우리
부부가 만든 이 간단한 원칙은 지금까지 잘 지켜지고 있다.
아직까지 각자의 집안에 선물을 준비하는 문제로 인한 다툼과
이견이 생긴 적은 없으니 참으로 다행스러운 일이다. 현금이라는
게 비록 오가는 마음의 정을 온전히 담기에는 부족할지 모르지만,
시간과 물건 고르는 일에 쫓겨 진심이어야 할 축하의 마음이 또
다른 스트레스가 되는 일보다야 훨씬 낫지 않은가.

　내 바쁜 사정을 잘 아는 가족들의 선물은 현금으로 대체한다
쳐도 아침에 출근을 준비하다가 '아 참! 오늘 같이 방송하는 후배
생일인데!' 하고 생각이 난다거나 급작스럽게 은사님과 식사
약속을 잡은 남편이 뭐 들고 갈 만한 거 없겠냐고 물을 때면
머릿속이 하얘진다. 그토록 여자들의 물건에 둘러싸인 일을
하면서 무엇이라도 버젓이 내밀 만한 선물 하나를 준비해두지

못한 나 자신이 원망스러울 때도 있었다. 그러다 보니 언젠가부터 백화점을 구경하다가 괜찮아 보이는 물건을 보면 두세 개씩 사두는 버릇이 생겼다.

누구에게 선물해도 괜찮을 만한 디퓨저나 차 세트, 와인 등을 '비상용 선물'로 몇 쯤 사두곤 하면 빈손으로 가기 애매한 갑작스러운 자리에 꽤 요긴했다. 물론 고마운 사람을 떠올리며 상대를 위해 정성을 들여 고르는 선물이 아닌, 의무감에 미리 사두는 선물에 대한 회의감은 있었다. 하지만 가족과 지인들의 입학, 생일, 졸업, 성년, 결혼, 입사, 집들이, 승진, 임신, 출산, 개업, 명절, 크리스마스는 물론이고 여기에 갖은 개인적인 기념일까지 더한다면 선물을 해야 할 이유는 셀 수 없이 많다는 합리화를 하다 보니 챙기자면 한이 없고 모른 척 지나가자면 마음 한구석이 못내 불편한 것이 바로 이놈의 '선물'인 것이다.

선물 주고받는 문화가 버거운 사람들이 많았던지, 인류는 이 끊을 수 없는 선물의 굴레를 기술의 발전으로 보완하기 시작했다. 어느 날 '카카오 선물하기'라는 신기술이 등장해 우리의 수고를 덜어주기 시작한 것이다. 주소를 묻거나 따로 약속을 잡지 않아도 선물을 간단히 할 수 있게 되었으니 참으로 다행스러운 일이다.

자주 만나지 못하는 친구의 생일을 깜빡 잊고 넘어가지 않도록
알림도 주고 선물만 골라 보내면 받는 사람이 알아서 주소를
입력하고 원할 때 배송받아 쓸 수 있다니 얼마나 획기적인가.
다만 이토록 선물을 쉽게 챙길 수 있게 되자 남의 생일을 안
챙기는 것도 민망한 일이다. 회사에 다니는 친구들은 출근하면
카카오톡을 통해 생일자를 검색하고 커피 쿠폰을 보내는 일이
아침 루틴이 되었다고 이야기하니 바야흐로 포장지와 손편지
카드가 사라진, 전자 선물의 시대가 도래했음이 실감 난다.

　　그런데 선물하기 기술의 비약적인 발전에 박수를 보냈다가도
다시 아날로그 시절의 선물 방식이 그리워지는 건 대체 어떤
청개구리의 심리인지 모르겠다. 나와 주말 방송을 함께 하는
작가님은 만날 때마다 나에게 꼬박꼬박 작은 선물을 건넨다.
신기하게도 그녀는 그냥 지나칠 법한 작은 물건도 특별한 선물을
받은 듯 느껴지게 하는 재능을 지녔다. 어느 무리에나 그런
사람들이 한 명쯤 있지 않은가. 아무 날도 아닌데 내 생각이
났다면서 앙증맞은 리본을 매단 작은 쿠키 상자를 내민다거나
작은 음료수 하나에도 '오늘도 힘내세요' 손글씨 메모를 붙여서
주머니 안에 넣어주는 그녀. '언니가 저번에 목이 좀 칼칼하다고
해서요' 하고 형형색색의 사탕 봉지를 내미는 세심함은 언제

들어도 감동이다. 같은 캔 커피도 '이거 마실래?' 하고 탁자 위에 툭 내려두고 마는 무심한 나와는 다르게 사소한 내 말 한마디까지 기억해두었다가 다시 얘기하는 그녀가 처음에는 다소 어색했다. 하지만 1년이 넘도록 변치 않는 그녀를 가만히 지켜보니 말 한마디, 행동 하나가 다 예뻐 보이기 시작했다. 일터에서 한 번씩 마주치게 되는 그녀의 짧고도 강렬한 호의는 마치 바쁘게 길을 걷다가 꽃집 앞을 지나치며 문득 맡게 되는 꽃향기처럼 단번에 주위를 환기시킨다고나 할까. 나에게도 저런 살뜰한 구석이 있으면 참 좋으련만……

  물론 작은 손편지에 일러스트를 그려주는 세심함은 아직 나에게 산 넘어 산 같은 일이다. 하지만 누군가에게 선물을 한다는 행위 자체가 인간의 욕심을 버리는 훈련인 듯하니 나는 아무래도 여기서부터 마음공부를 새로 시작해야 할 것 같다. 근사한 선물을 통해 좋은 딸이나 며느리로 인정받고 싶다는 내 마음속의 바람, 언니가 내 선물을 잘 쓰는 것까지 꼭 확인해야 직성이 풀리는 철없는 집착, 카카오톡 선물하기로 선물을 보낸 후 기뻐하는 이모티콘이 돌아오기를 기다리는 그 얄팍한 기대도 결국 다른 사람들의 인정을 원하는 내 욕심일 테니 말이다.

  선물이란 물건을 가장해 '내 마음을 내어주는 일'이다. 40대

중반에 이르러 보니 사람의 마음이란 총량이 정해져 있지 않고
다른 이에게 좀 준다고 해서 좀처럼 소진되지 않는다.

노력이 필요한 옷들

샐러드를
주문하는 이유

한 번 사는 인생, 왕성한 식욕이 이끄는 대로 행복하게 먹는 쪽을

선택한다면 그것도 물론 괜찮다. 다만 패션 상품을 소개하는 쇼호스트는

그런 즐거움을 포기하는 게 맞다.

간혹 엄마에게 왜 나에게 광대뼈와 돌출된 앞니를 물려줬느냐고 한마디씩 던진다. 딸내미 얼굴이 TV에 나오기엔 부적합한 요소가 좀 있으니 제조사 A/S 차원에서 경락 마사지라도 좀 끊어달라는 우스개 섞인 투정을 부렸더니 엄마에게서 예상치 못한 강펀치가 날아왔다.

"팔다리 길쭉하게 태어나서 20년씩이나 TV에 나와 예쁜 옷 입고 사는 게 누구 덕이야? 살림 밑천을 만들어줬으니 네가 나한테 용돈을 두둑이 줘야지!"

광주에서 대학을 나온 엄마는 처녀 시절, 충장로에 즐비하게 늘어선 양장점에 가서 옷을 지어 입었다고 했다. 그때마다 그리 홀쭉한 몸매는 아니었지만, 다리가 길고 균형이 좋아서 옷을 입으면 태가 좋다는 소리를 늘 들었다는 것이다. 이 말인즉슨 내

길쭉한 몸매는 엄마가 물려주신 자산이 확실하다는 뜻이다. 엄마 말이 맞다. 성장기에 편식이 심했던 내 키가 이만큼 자란 것도 그나마 엄마 유전자 덕이다. 제조사의 논리를 곱씹으며 조용히 입을 다물고 지갑이나 여는 수밖에.

하지만 실상 나는 엄마가 물려준 타고난 체형 만으로는 충분치 않은 냉혹한 세상을 살아가고 있다. 얼마 전 내가 진행하는 프로그램 게시판에 한 달 동안 매일 같은 악성 댓글이 올라왔다.

'비쩍 마른 쇼호스트 극혐이네요.'

이 댓글은 복사해서 붙인 것처럼 계속되었고 한 달째 이 글이 올라오자 이 정성스럽고 성실한 비호감 표시에 슬슬 불편함를 호소하는 게시판 사용자들도 함께 나타나기 시작했다.

'게시판에 들어오면 저분 글 때문에 기분이 상해요.'

'매일 여기 와서 똑같은 악플 다는 분 좀 차단해주세요.'

나 역시 이 댓글이 한 달째 지속되자 기분이 썩 좋지만은 않았다. 정확히 말하자면 '극혐'보다는 '비쩍 마른'이라는 단어에 당황했다는 표현이 맞을 것이다. 나는 오랫동안 나름의 기준과 노력으로 키 172cm에 몸무게 54kg 정도를 유지하는데, 그 정도가 55 사이즈 샘플을 입을 수 있는 마지노선이자 사람들이 보기에 거부감이 없는 정도라고 스스로 생각해왔기 때문이다.

결국 회사 고객 서비스팀에서 연락을 드려 인신공격성 댓글을 자제해주시기를 부탁했다. 그분은 옷을 샀다가 본인에게 사이즈가 맞지 않자 너무 화가 나서 한 행동이며 쇼호스트에게 상처 줄 의도는 아니었다고, 기회가 된다면 임세영 씨에게 사과하고 싶다고 말했다고 한다.

그렇게 일단락된 해프닝으로 나는 내 체중 관리가 누군가에게 의도치 않은 스트레스를 주고 있는 것은 아닌지, 다시 생각해보게 되었다. 그분의 입장도 일견 이해는 간다. TV만 틀면 마르고 길쭉한 걸그룹과 배우들이 쏟아져 나오고 성장기 청소년들은 무리한 다이어트를 하다 거식증과 영양실조에 시달린다. 이런 서글픈 시대에 자주 얼굴을 마주하는 40대 쇼호스트마저 여기에 일조하고 있다는 생각이 드니 배신감을 느꼈을 수도 있다.

나 역시 누구보다 간절하게 체중 관리를 멈추고 싶다. 엄마는 나에게 긴 팔다리뿐 아니라 넘치는 먹성도 함께 물려주셨다. 두세 시간씩 서서 끊임없이 멘트를 하고 대여섯 번씩 옷을 갈아입는 홈쇼핑 방송은 전력 질주를 하듯 에너지 소모가 크기에 다이어트를 한다며 마냥 조금만 먹을 수도 없다. 다만 55 사이즈 샘플을 계속 입는 직업인 탓에 조금만 살이 쪄도 옷이 맞지 않으니 살이 찌지 않도록 노력할 뿐이다.

허릿단을 보여주면 옆구리 살이 노출되고, 어깨 패턴을 설명하다 보면 팔뚝 살이 클로즈업되는 직업을 가졌다는 이유로 근육량이 태생적으로 적은 나는 일주일 내내 스케줄에 쫓기면서도 필라테스 스튜디오에는 꼭 간다. 졸음이 쏟아져 눈을 감고 운동하는 한이 있어도 그냥 간다. 상품 설명에 자신감을 상실하느니 피곤한 편이 낫다. 연예인들이야 드라마에 들어가거나 앨범을 내기 전 체중을 조절하면서 비활동기에는 조금 느슨하게 쉰다지만, 나처럼 1년 내내 생방송에 노출되는 직업을 가진 여자에겐 긴장을 늦출 여유 따위는 없다.

지난 20년간 나는 55 사이즈가 안 맞는 날이 오면 그냥 은퇴한다는 심정으로 이 다이어트의 세월을 버텼다. 왜 그렇게까지 해야 하느냐, 66이나 77 사이즈도 충분히 매력 있지 않으냐고 묻는 이들도 있었다. 물론 그 역시 맞는 말이다.

그러나 나는 무조건 55여야만 했다. 이유인즉슨 대부분 패션 제품을 생산할 때 테스트로 만드는 견본 제품이 55 사이즈이기 때문이다. 신발은 보통 235로 테스트 샘플이 제작되고 마네킹에 입혀놓는 브라의 사이즈는 75B다. 대부분의 디자이너는 샘플을 만들어서 걸어두거나 진열하기 좋은 사이즈로 시제품을 만들 수밖에 없다. 수많은 디자인 중 몇 가지만을 픽업해 상품화하는 시장에서 사이즈별로 여유롭게 샘플을 만들어두는 비용과 시간을 감당하는 디자이너는 없다고 봐야 한다.

　게다가 무슨 옷이든, 어울리고 안 어울리고를 떠나 적어도 몸에 들어가야 한다. 예를 들어 우리가 모자 모델이 된다고 생각해보자. 챙이 달린 페도라, 니트로 짠 비니, 깊이 눌러쓰는 캡, 여름철 의라피아 모자, 울 베레모 등을 수없이 써야 하는 모자 모델이 직업이라면 적어도 두상이 작고 예뻐서 아무 모자나 써도 대략 어울리는 사람이어야 할 것이다. 간혹 어이없이 작은 모자나 어찌 써야 할지 모르게 독특한 디자인의 모자도 주어질 수 있다. 그러니 일단 머리에 들어는 가야 한다. 그렇게 보면 예쁜 얼굴은 몰라도 작은 두상은 필수다.

　더 슬프고 안타까운 사실은 내가 살이 붙으면 판매율이 눈에 띄게 떨어진다는 것이다. 시청자들은 종종 통통한 모델들이 입은 모습을 보여달라고 요청하기도 한다. 66 사이즈나 77 사이즈의 모델들을 출연시켜 보면 늘 고객들의 반응은 '신선하다', ' 현실감 있다', '친근하다' 등 긍정적인 피드백이 주를 이룬다. 그러나 돌아오는 결과는 잔인하도록 낮은 판매율이다. 피부가 거친 친구가 사용하는 화장품을 보면 그 화장품이 딱히 궁금하지 않은 것과 마찬가지로 사이즈가 큰 모델이 입은 모습을 보고 본인의 사이즈 선택에 참고할 수는 있겠지만, 애초에 마음이 움직여져 그 옷이 사고 싶어지는 것과는 거리가 있다.

그리하여 나는 늘 관리할 수밖에 없는 운명이다. 탄수화물을 줄이고 정기적으로 스튜디오에서 운동을 하며 간혹 다이어트 보조제도 먹는다. 물론 운동 갈 시간에 좀 더 자고 싶거나 야식이 참을 수 없이 당길 때도 있다. 이때 가장 효과적인 마인드 컨트롤은 일하면서 눈인사를 나누는 수많은 패션 업체가 집을 담보로 잡혀 사업을 하고 재고가 남아 발을 동동 구를 때 살이 쪄서 55 샘플이 예쁘게 맞지 않는 나를 보면 얼마나 속이 상할까 생각하는 것이다. 그게 내가 선택한 직업에 대한 최소한의 예의라고 생각하는 순간, 그나마 솟구치던 식욕이 조금은 가라앉는다. 한 번 사는 인생, 왕성한 식욕이 이끄는 대로 행복하게 먹는 쪽을 선택한다면 그것도 물론 괜찮다. 다만 패션 상품을 소개하는 쇼호스트는 그런 즐거움을 포기하는 게 맞다.

랄프 로렌은 일찍이 '자신은 옷을 파는 사람이 아니라 꿈을 파는 사람'이라고 말한 바 있다. 나도 그 말에 동의한다. 패션은 물건 자체가 아닌 꿈과 환상을 파는 사업이다. 옷을 좋아하는 사람들은 매 시즌 탄생하는 신상품을 바라보며 저렇게 아름다운

옷에 멋진 신발을 신고 사뿐사뿐 집을 나서는 자신의 모습을
그려보며 행복감을 느끼기 때문이다.

그 행복이 주문한 옷을 배송받는 순간, 깨지는 신기루 같은
환상이라 할지라도 나의 시청자에게는 그런 상상과 행복을 누릴
권리가 있다.

그렇기에 나는 오늘도 점심으로 샐러드를 주문한다. 오늘
저녁에는 클로즈업 샷이 잔인하게 많은 청바지 방송이 기다리고
있으니.

상품평에게
부탁해

Part
3

오랜 시간 생방송으로 얼굴을 마주하며 낯이 익고 정이 든 쇼호스트에게

안부를 전하는 다정한 여유 덕분에 온종일 쌓였던 피곤함이

다 사라진다. 이들은 내가 밤 방송이 끝나고 들어와 새벽잠을 쫓아가며

자신들의 글을 읽고, 울고 웃으며 마음속에 새는 모습을 상상할 수 있을까.

나는 생방송이 끝나면 두 개의
성적표를 받는다. 하나는 숫자로 이루어진 '실적'이라는 성적표,
또 하나는 글로 쓰인 '상품평'이라는 성적표다. 실적이야 방송과
함께 실시간으로 집계되어 빠르게 눈으로 확인할 수 있지만,
상품평은 시간이 좀 걸린다. 제품을 배송받은 고객이 일단
사용해본 뒤 남기는 것이다 보니 마치 과거에 내가 한 이야기에
대해 미래에서 온 대답을 듣는 듯한 기분이 든다. 물건을 받은
이가 기꺼이 자신의 시간을 할애해 한 자 한 자 써주는 것이다
보니 학창 시절 생활기록부에 담임선생님이 수기로 나에 대해
적어주신 것 같은 애착이 생겨 조금씩 읽기 시작했다. 이제는
잠들기 전에 한 번씩은 들여다봐야 직성이 풀린다. 고객이 나와
같은 이유로 이 상품을 마음에 들어 했는지 궁금하기도 하고,
혹시 내 설명에 빠진 점은 없었는지, 내가 좋다고 했던 부분이

누군가에겐 불편함으로 다가오지는 않았는지 답안지를 맞춰보는 심정으로 읽기도 한다.

내가 제일 좋아하는 건 상품평 란에 남겨진, 자신이 구입한 물건에 대한 그녀들의 생생한 이야기이다. 내게 상품평은 성적표라 다소 과격하게 표현했지만, 이 성적표를 읽는 것은 사실 나의 은밀한 취미생활 같은 것이다. 가만히 앉아 상품평을 들여다보고 있자면 수많은 사람의 짧은 에세이를 릴레이로 읽는 것 같은 재미가 있다.

이 물건을 구입한 사람들 저마다의 사연이 가득하고, 물건을 받기 전까지의 두근거리는 기대감, 오매불망 기다리던 물건을 받았을 때의 행복, 반대로 기대와는 다른 물건을 확인한 뒤의 실망, 심지어 실망이 큰 나머지 배신감에 분노를 표출하는 사람까지. 그러니 때로는 기승전결이 완벽한 한 편의 이야기 같기도 하다. 안 그래도 모자란 시간을 쪼개서 나와 맞지 않는 책을 읽을 바에, 이 상품평의 진솔한 글들을 수백 개씩 읽는 게 배움이 더 클 거라는 생각까지 든다. 쇼호스트인 내가 판매한 물건이 어떻게 그들의 삶 속으로 들어가 있는지도 알려주는 이 방대한 교훈을 어찌 그냥 넘길 수 있겠는가.

"부산에 사는 사촌 동생 결혼식에 입고갈 원피스가 필요해서 구매했어요. 최근 살이 쪄서 입을 옷이 마땅치 않던 참에 쇼호스트가 입은 모습을 보자마자 뱃살도 가려주고 유행도 안 탈 디자인이라 이거다 싶더라고요. 토요일 전에 안 오면 어쩌나 걱정했는데 다행히 목요일 오전에 도착해서 동네세탁소에서 길이 수선을 해서 입고 갈 수 있었답니다. 키가 큰 분들은 안 잘라도 돼서 편하실 거 같아요."

키가 작은 편에 뱃살이 살짝 통통한 어느 여인은 이 원피스를 차려입고 결혼식 참석을 위해 부산으로 향한다. 그녀의 가족관계, 체형, 스케줄까지 알게 되고 이 원피스의 클래식한 디자인과 체형 커버 효과가 바로 선택의 이유라는 것도 파악한다. 때로는 '화면에서는 이러했는데 실물은 이러해요' 같은 보다 세세한 평이나 사이즈과 키, 나이 등을 스스로 밝히며 본인 사진을 남겨주기도 하는 감사한 분들도 있다. 나와 비슷한 나이나 사이즈를 가진 다른 이가 착용했을 때의 모습은 쇼핑에 직접적인 도움이 된다.

'언택트'라는 말이 유행하기 전부터 비대면 판매 방식으로 오랫동안 판매 방송을 해온 나는 언제나 내가 소개한 물건을 구매하는 분은 어떤 분일지, 이 물건과 함께 어디에 갈지 상상하는 훈련을 해왔다. 하지만 상품평으로 즉각적인 피드백이 가능해진 이후, 상상으로만 고객을 그릴 필요가 없어졌으니 나로서는 여간 고마운 일이 아닐 수 없다. 이런 분들은 다음 방송을 진행할 때 바로 나의 고객 페르소나가 된다. 상품평으로, 또는 사진으로 남겨준 그녀들의 모습을 토대로 물건에 대한 나의 설명은 더욱 입체적으로 변한다.

"혹시 이번 주말에 어디 좋은 곳에 가시나요? 옷을 꾸준히 산 것 같은데 옷장을 열면 맘에 쏙 드는 원피스 한 벌이 없는 게 참 신기하죠? 촌스러운 것도 당연히 싫지만, 유행도 안 탈 만한 스타일을 찾으신다면 이 제품은 어떠세요?"

물론 내가 아무리 노력한들, 백이면 백 만족하기는 어렵다. 아무리 열과 성을 다해도 구매자의 기대에 못 미치는 물건이 도착하면 나에게 냉정히 등을 보이는 고객들을 마주해야 하는 쓸쓸한 순간도 찾아온다.

'화면상으로는 너무 고급스러워 보였는데 속았어요.

쇼호스트가 미워지네요.'

  '딱 가격만큼이네요. 너무 큰 기대를 한 제가 어리석었나
봐요.'

  어쩌면 내가 운이 너무 좋은 사람이라 최고의 상품을 최저의
가격으로 발견했을지도 모른다고 기대했던 자신에 대한 책망마저
느껴진다. 쇼핑을 좋아하는 나는 십분 이해한다. 온라인으로
주문했던 상품이 내 집 앞까지 배송될 때까지의 초조함을 견디고
성공했던 쇼핑의 경험은 직접 눈으로 보고 입어보고 샀을 때보다
더 큰 성취감을 주지만, 반대의 경우 우리가 느끼는 감정은
배신감에 가깝다.

  물론 물건을 내 손에 넣기까지 그 시간 동안 만들어낸 기대와
환상이 물건이 가진 본래의 가치를 부풀렸을 수도 있다. 물건을
보지 않고 구매한다는 건 항상 위험을 내포하고, 그 위험에는 내가
선택한 물건에 대한 맹목적인 믿음이 포함되는 것도 인정해야
한다.

  최근에는 SNS에서 익숙한 인플루언서를 통한 물건 구매가
일반화되면서 '팬슈머'라는 새로운 소비자의 개념이 등장했다고

한다. 팬과 '컨슈머'라는 단어의 결합은 얼핏 듣기에는 좋아하는 판매자의 물건을 팬심으로 무조건적으로 사주는 소비자를 의미하는 듯하지만, 팬슈머가 팬과 다른 점은 일방적인 팬심만을 가진 소비자는 아니라는 부분이다. 판매를 독려하고 칭찬의 댓글을 달거나 홍보를 자처해서 판매자를 적극적으로 성장시키기도 하지만, 사회적으로 문제가 되는 이슈에는 따끔한 충고를 남기기도 한다. 이들은 지속적인 관심과 함께 일종의 감시자로서의 역할을 수행한다. 그러다 보니 고객의 후기는 전통적인 상품평보다 훨씬 접근이 쉬운 판매자의 SNS 댓글로 옮겨졌고 과거보다 훨씬 더 가까운 거리에서 물건뿐만 아니라 판매자에 대한 즉각적인 피드백이 이루어지기 시작한 것이다. 그런데 시간이 지나자 상품평 란에도 마치 SNS 댓글을 보는 듯한 내용이 올라오기 시작했다.

'와우. 이 가격에 득템했네요. 방송할 때 보니 세영 씨 설명하면서 땀까지 흘리시던데⋯⋯. 건강 잘 챙기세요. 좋은 물건 감사해요.'

그날의 방송을 두세 번씩 다시 곱씹어보게 하는, 이런

상품평은 어느 날 기대치 않게 정성 가득한 엽서 한 통을 건네받는 기분마저 들게 만든다. 오랜 시간 생방송으로 얼굴을 마주하며 낯익고 정이 든 쇼호스트에게 안부를 전하는 다정한 여유 덕분에 온종일 쌓였던 피곤함이 다 사라진다. 이들은 내가 밤 방송이 끝나고 들어와 새벽잠을 쫓아가며 자신들의 글을 읽고, 울고 웃으며 마음속에 새기는 모습을 상상할 수 있을까.

　퇴근 후 현관 앞에 차곡차곡 쌓인 택배 박스를 하나씩 뜯는 언박싱의 행복이 끝나면 내가 느낀 안도, 실망, 기쁨, 분노, 환희는 곧 별의 개수로, 점수로, 몇 마디 짧은 글로 다시 남겨진다. 쇼핑이라는 게임에서 승리한 기분, 역시 내 눈은 정확했다는 우쭐함을 마음껏 표현하기도 하고 때로는 속상한 마음을 내비치거나 냉정한 판단을 내리기도 한다. 비록 쇼핑에 실패했더라도 너무 실망할 필요는 없다. 곧장 반품을 위해 재포장을 해두는 약간의 번거로움을 지나고 나면 곧 환불 처리될 카드값으로 다른 선택의 기회가 주어진다. 내 선택으로 잘못 주문한 상품의 상품평에 화풀이하고 싶어 근질거릴 때, 난 이렇게 자신을 위로한다. 오늘 맛본 실패의 씁쓸함은 어차피 내일의 또 다른 쇼핑이 보상해줄 것이다.

이제 내가 해야 할 중요한 일은 가감 없는 의견으로 같은 물건을 장바구니에 넣어두고 고민 중인 랜선 너머의 누군가에게 도움을 주는 일이다. 이 임무에는 언제나 진지하게 임해야 한다. 내 의견을 참고해 쇼핑을 하는 데 있어 가부간의 결정을 내릴 그에게는 물론, 동시에 이 물건을 제조하거나 판매한 이에게 중요한 인사이트를 남기는 일이기도 하기 때문이다.

생 명 연 장 의 꿈

물건의
수명

중고마켓에 들어가 애정을 담아 사용했던 물건에 대해 추억을 더듬어

글을 올리려 하면 막상 무엇부터 설명해야 할지 막막해진다. 헤어짐

앞에서는 사람도 물건도 애틋한 모양이다.

"요즘 그 옷 왜 안 입어? 참 예뻤는데."

무심코 흘렸던 친구의 말을 기억해뒀다가 어느 날 쇼핑백에
담아 쓱 내밀며 말했다.

"이거 너 가져. 난 이제 다 입었어."

친구는 내가 자주 하는 '다 입었다'는 말이 재미있다고 했다.
옷이나 가방이 무슨 화장품도 아닌데 다 입는 게 있느냐고
하면서도 그렇게 말해주니 그나마 부담 없다며 쇼핑백을
받아들었다. 사실 친구가 미안해하며 가져갈 일도 아니다.
어차피 내게는 있어 봐야 공간만 차지하고 다시 꺼낼 일 없는, 말
그대로 '다 입은 옷'이기 때문이다. 물건을 많이 사고 다루다 보면
가진 물건의 평균 수명이 불가피하게 짧아진다. 낡아서 못 입게
되기보단, 단순하게 싫증이 나거나 흥미가 생긴 신상품에 손을

뻗는 일이 더 많아지는 탓이다. 어차피 그리되면 그 옷은 다 입은 옷이 되고 그대로 옷의 수명을 끝낼 바엔 물건의 주인을 바꿔 생명을 연장시키는 방법으로 죄책감을 덜어내는 것이다. 물건의 수명이란 주인이 물건을 필요로 하고 사용하는 시간인 셈이니 말이다.

그러고 보면 어려서부터 서로 무슨 물건을 가졌는지 속속들이 알던 한 절친한 친구와는 오랫동안 물건을 돌려서 썼더랬다. 용돈은 한없이 모자라고 갖고 싶은 건 너무 많았던 어린 우리는, 같이 쇼핑을 가면 서로 다른 색을 사서 바꿔 입기도 하고 친구가 산 물건이 부러워 내 물건과 교환하기도 했다. 몇 년 동안 친구 집에 가 있던 물건이 또 얼마간은 우리 집에 와 있다 보니 물건을 잃어버리면 "혹시 그거 너희 집에 있니?" 물을 정도였고 나중에는 "근데 이거 네가 산 거니, 내가 산 거니?" 하며 물건의 제 주인이 누구인지 헷갈리는 일도 다반사였다. 그렇게 어린 시절 친구와 내가 함께 쇼핑한 물건은 두 배의 수명으로 살다 떠날 수 있었건만 지금의 내 옷장 안의 옷들을 보니 미안하다는 생각이 든다. 다른 주인을 만났더라면 훨씬 오래 유지했을 수명을 내가 반 동강 낸 것은 아닐까. 누군가의 고민과 손길로 어렵게 탄생한 물건에 못할 짓을 하는 것처럼 느껴지기도 했다. 그러던 작년 어느 날,

새로운 쇼핑의 세계를 맛볼 수 있을 것이라는 친구의 추천으로 중고거래장터 앱을 하나 다운받았다.

휴대폰 속 당근 모양의 귀여운 아이콘. 나는 한동안 이 앱의 매력에 푹 빠져 지냈다. 물건의 사진을 찍어 올리고 간단히 상품에 대한 설명과 함께 가격을 제안하면 금방 구매 의사를 밝히는 메시지가 날아든다. 시간 약속을 하고 기다리면 구매 의사를 밝힌 사람이 약속 장소로 찾아오고 나는 모자를 눌러쓴 채 그를 만나러 나가면 된다. 낯선 이를 처음 만나 대화를 주고받아야 한다는 부담감은 나를 살짝 긴장하게 하기도 한다. 예의를 지키기 위해 깨끗한 쇼핑백을 골라내 물건을 넣고 현관문을 허둥지둥 나서는 길에는 언제나 상대방이 내 물건을 보고 기뻐해 줬으면 좋겠다는 마음이 든다.

이 플랫폼은 중고물건을 거래하고 나누는 기쁨을 대중화하고 정착하는 데 기여한 일등 공신이다. 코로나 시대에 온라인 쇼핑 말고는 낙이 없어진 사람들과, 오랜 '집콕 생활'로 비로소 집 안의 묵은 물건과 작별할 준비를 마친 사람들의 필요가 만나는 지점에 이 플랫폼이 존재한다. 새로운 물건을 들여 최신 트렌드에 적응해야 하는 직업을 가진 나로선 주기적으로 기존 물건을 비워줘야 하기에 중고마켓을 이용한다는 표면적인 이유를 내세우지만, 사실 꼭 팔거나 사지 않아도 이 앱에 들어가 시간을 보내는 때가 많다. 어떤 이에게는 꼭 필요한 물건이 다른 이에게는 왜 필요 없는 물건이 되었는지 그 사연을 읽어보는 것만으로도 시간 가는 줄 모르고 빠져들기 때문이다.

'남자친구 생일에 커플로 선물하려고 나이키 한정판 운동화를 샀는데 어제 싸우고 헤어졌어요. 직구로 산 거라 환불도 안 되고 보고 있자니 기분도 우울해져서 그냥 헐값에 드려요. 대신 빨리 가져가 주세요.'

그녀의 개인적인 불행은 누군가에게 갖고 싶어 하던 물건을 저렴하게 구하는 행운이 되기도 하고 물건의 입장에서는 생명 연장의 기회가 되니 이 또한 재미있는 일이 아닌가. 세상에서 정한 가치가 아무리 높다 할지라도 어느 개인에게 쓸모없는 것이 될 때, 물건의 생명은 끝날 위기에 처한다. 친한 디자이너는 중고마켓에서 파는 제품 중 눈에 익은 옷이 있어서 자세히 보니 자기가 몇 년 전에 직접 만든 시제품이었다는 웃지 못할 에피소드를 얘기한 적이 있다. 그의 말을 빌리면 '어느 놈이 주워가서 버젓이 근사한 소개글로 올려놨더라'라며 이야기를 시작했다. 한때 그가 빛나는 아이디어와 설레는 기대로 만들었던 테스트 샘플은 결국 상품화되지 못했고 팔리지 않았던 이 옷의 운명은 결국 헌 옷 수거함으로 향했다고 했다. 그런데 그 옷이 어느 날 난데없이 중고마켓에 등장했다는 것이다. 수년 만에 다시 마주한 그 물건이 다시 보니 제법 좋아 보였고 소개글이 어찌나 그럴싸하던지 자기도 홀려 살 뻔했다고 너스레를 떠는 디자이너의 표정을 보니 내심 기분이 좋은 듯했다. 본인이 그 물건을 수거함에 버렸던 시간 차를 생각하면 심지어 그 판매자도 몇 년 입다가 내놓은 것 같다고, 만든 이조차 버렸던 옷에 인공호흡을 해낸 저 능력 있는 사람과 약속을 잡아 차 한잔하며 그 옷과 함께한 지난 시간에 대해 대화를 나누고 싶다는 강렬한 유혹마저 느꼈다고 한다. 본인이 만들고 미련 없이 버렸지만, 누군가는 그 물건의 진가를 알아보고 살려내서 사용하고 다시 그 생명을 연장하려 하고 있으니 한편으론 감개무량하기도 한 마음이었을 것이다.

중고마켓에서 진짜 생명을 연장한 물건도 있다. 홈 가드닝을 좋아하던 지인 중 하나는, 해외로 이사를 가면서 화분들이 짐이 된다는 사실을 깨닫고 중고마켓에 내놓았다고 한다. 3년이라는 시간 동안 정성껏 길러 성인 허리 크기까지 키운 화분들을

얼마에 팔아야 할지 모르겠다고 몇 날 며칠 고민하던 그녀는
결국 화분들의 안녕을 빌며 모두 무료나눔으로 올려두었다.
화분을 가져가는 이웃들의 환한 표정과 그동안 한동네에 살며
몰랐던 사람 사는 이야기를 얻었다는 그녀는 화분값을 충분히
받은 듯하다고 말했다. 너무 감사하다며 선물로 카스텔라를
가져오기도 한 이들도 있었다고 하니, 몇 넌간 가꾼 소중한 화분에
차마 헐값을 매길 수 없었던 그녀는 아마도 그날 저녁, 가장
맛있는 카스텔라를 먹었을 것이다.

어디서든 물건의 가치에 대해 설명하라면 몇 시간도 거뜬히
해낼 수 있지만, 중고마켓에 들어가 애정을 담아 사용했던 물건에
대해 추억을 더듬어 글을 올리려 하면 막상 무엇부터 설명해야
할지 막막해진다. 헤어짐 앞에서는 사람도 물건도 애틋한
모양이다. 나만 알고 있을 물건의 좋은 점을 나열하다 보면 새삼
'그냥 내가 더 쓸까' 하는 미련이 불쑥 올라오기도 한다. 진즉 좀
쓰지 그랬냐며 나와는 끝난 인연이라고 애써 나를 다독여본다.
그렇게 수명을 다하지 못한 물건들에 새 주인을 찾아주는 것으로
그 물건과 얽혔던 사연을 마무리하는 것이다.

세월이 지나면 언젠가 이 책이 중고마켓에 나눔으로 올라오는 슬픈 날도 찾아오지 않을까? 아무래도 구석에 처박힌 신세보다야 여러 사람이 돌려 읽어주는 것이 낫다고 애써 합리화를 해본다. 내 책의 수명을 연장시켜 준다면 오히려 고마워해야 한다는 다짐과 혹시나 그 글을 직접 발견한다면 그래도 내가 다시 사러 가겠다는 마음의 채비도 함께.

쇼핑의 세계

쇼호스트 임세영이 특별히 아끼고 사랑하는 것들

1판 1쇄 인쇄 2021년 3월 17일
1판 1쇄 발행 2021년 3월 29일

지은이 임세영
펴낸이 김성구

주간 이동은
책임편집 현미나
콘텐츠본부 고혁 송은하 김초록
디자인 이영민
제작 신태섭
마케팅본부 최윤호 나길훈 이서윤
관리 노신영

펴낸곳 (주)샘터사
등록 2001년 10월 15일 제1-2923호
주소 서울시 종로구 창경궁로35길 26 2층 (03076)
전화 02-763-8965(콘텐츠본부) 02-763-8966(마케팅본부)
팩스 02-3672-1873 | 이메일 book@isamtoh.com | 홈페이지 www.isamtoh.com

ISBN 978-89-464-2177-6 03810

값은 뒤표지에 있습니다.
잘못 만들어진 책은 구입처에서 교환해 드립니다.

샘터 1% 나눔실천

샘터는 모든 책 인세의 1%를 '샘물통장' 기금으로 조성하여 매년 소외된 이웃에게 기부하고 있습니다.
2020년까지 약 9,000만 원을 기부하였으며, 앞으로도 샘터는 책을 통해 1% 나눔실천을 계속할 것입니다.